二人一組になってください

木爾チレン
Kina Chiren

双葉社

二人一組になってください

目次

序　スクールカースト　009
一　二人一組になってください　023
二　親友　077
三　三人グループ　095
四　三軍女子　107
五　あなたの価値　123
六　イキテル　133
七　命に嫌われている　147
八　生き残るべき存在　157

九　二軍女子　171
十　半分　181
十一　無自覚の悪意　191
十二　希望　201
十三　本当の友だち　215
十四　一軍女子　229
十五　あなたの死を望みます　243
十六　卒業おめでとう　273
十七　特定の生徒　293
終　ざわめき　311

私立八坂《やさか》女子高校　三年一組名簿

出席番号1番　朝倉《あさくら》花恋《かれん》

出席番号2番　一瀬《いちのせ》乃愛《のあ》

出席番号3番　井上《いのうえ》翠《すい》

出席番号4番　漆原《うるしはら》亜里亜《ありあ》

出席番号5番　大神《おおかみ》リサ

出席番号6番　曜日《かがひ》螺良《らら》

出席番号15番　巴《ともえ》玲香《れいか》

出席番号16番　中野《なかの》勝音《かつね》

出席番号17番　二階堂《にかいどう》優《ゆう》

出席番号18番　根古屋《ねこや》羽凜《うりん》

出席番号19番　萩原《はぎわら》海《うみ》

出席番号20番　氷室《ひむろ》永月《なつき》

出席番号7番　金森《かなもり》 留津《るつ》

出席番号8番　黒木《くろき》 刹那《せつな》

出席番号9番　小岩井《こいわい》 幸《ゆき》

出席番号10番　佐伯《さえき》 日千夏《にちか》

出席番号11番　佐伯《さえき》 野土夏《のどか》

出席番号12番　鮫島《さめじま》 マーガレット歌《うた》

出席番号13番　白雪《しらゆき》 陽芽《ひめ》

出席番号14番　瀬名《せな》 桜雪《さゆき》

出席番号21番　冬野《ふゆの》 萠《もえ》

出席番号22番　星川《ほしかわ》 更紗《さらさ》

出席番号23番　真杉《ますぎ》 希子《きこ》

出席番号24番　水島《みずしま》 美心《みしん》

出席番号25番　森田《もりた》 碧唯《あおい》

出席番号26番　宵谷《よいたに》 弥生《やよい》

出席番号27番　六条《ろくじょう》 いのり

三年一組カースト表

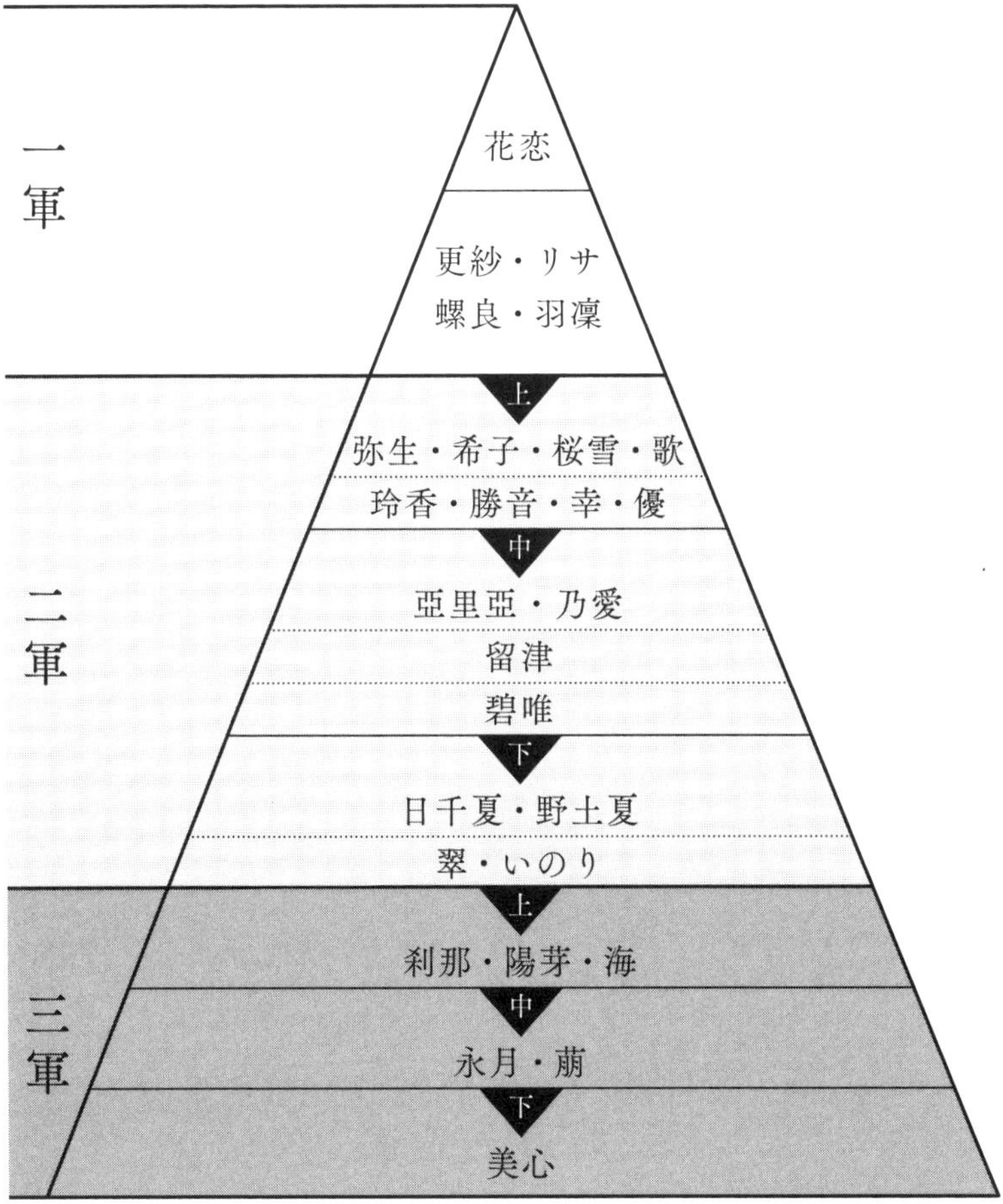
一軍
花恋
更紗・リサ
螺良・羽凜
二軍
上
弥生・希子・桜雪・歌
玲香・勝音・幸・優
中
亜里亜・乃愛
留津
碧唯
下
日千夏・野土夏
翠・いのり
三軍
上
刹那・陽芽・海
中
永月・萠
下
美心

序

スクールカースト

出席番号4番　漆原亞里亞《うるしはらありあ》

真冬の一時間目に体育の授業がある日ほど、憂鬱な日はない。

凍てついた空気が立ち込める教室の隅で溜息を吐《つ》くと、息は瞬時に白く染まった。

二〇一七年一月現在、亞里亞《ありあ》が通う、京都で最も古いといわれているこの校舎には、どの教室にもエアコンが備わっていない。

八坂《やさか》神社の目の前、観光客向けに様変わりしていく祇園《ぎおん》の一等地で、この学校だけが戦前から時が止まったかのように異彩を放っている。

アーチ形の正面玄関や窓、木の温かみを感じる長い廊下が、レトロで映えるとインスタに載せている生徒もいるが、叶うのなら亞里亞は、中学のとき模擬試験会場として訪れた、鴨川《かもがわ》沿いにある高校のガラス張りの校舎に通いたかった。

だが、平均をだいぶ下回っていた自分の偏差値では、秀才が集まるその公立高校を受験すること自体無謀であり、この私立八坂《やさか》女子高校へ進学するほかに選択肢はなかった。

雑誌の付録でついてきたX-girlのトートバッグから体操服を取り出しながら、ふと窓の外に目をやる。

いつの間にか雪が降りはじめていた。きっと、体育館はもっと冷えるだろう。考えるだけで、憂鬱さが倍増する。しかし、どれほど憂鬱になったところで体育の時間はなくなったりしない。

亞里亞は覚悟を決め、いっきに絆創膏を剝がすように勢いよく制服を脱いで下着姿になる。多くの女子高生が持ち合わせている羞恥心《しゅうちしん》などは、もう微塵《みじん》もない。何せここは女子高なのだから。入学して半年も経てば、共学に通う女子のように、一秒でも下着を見られない工夫をしながら体操服に着替える生徒は一人もいなくなる。なんなら視界の端では先ほどから、教卓に乗り、下着姿でストリッパーのように踊っている生徒すらいる。

このクラスのムードメーカーであり、問題児でもある、根古屋羽凜《ねこやうりん》。

彼女は『うりん』という名でYouTuberをしていて、昨年の夏『女子高生の退屈な夏休み』という、タイトル通りの、なんでもない夏休みの一日を晒した動画を投稿したのを境に、いっきに人気に火がついた。

亜里亜は最初、羽凜が苦手だった。というより、自分とは違う星の人間だと感じていた。青みがかった黒髪ボブはウィッグのような不自然さで、首には水色の猫耳ヘッドホンが掛けれており、制服のスカートからは、真っ青なカラータイツを覗《のぞ》かせている。そのような奇抜なファッションセンスを持つ彼女と、友だちになれるとは思わなかった。

実際、友だちとは呼べない。彼女とはただのクラスメイトであり、それ以上でもそれ以下でもない。

けれど、好奇心で彼女の動画を視聴しているうち、その飾らないトークが癖になって画面上の彼女のことは応援していた。つい二日前に行われた、チャンネル登録者数十万人突破記念のライブ配信にも「おめでとう」と、コメントを送るくらいには。

「ねえ羽凜、そんな下品な姿、もし拡散されたら、あんた炎上するよ」

教室の中央の席に座る大神《おおかみ》リサが、下着姿で踊る羽凜を見上げ、机に頬杖をついたまま、気だるげに指摘する。

藤田《ふじた》ニコルのファンで『Popteen』というティーン向けギャル雑誌を愛読している彼女は、濃いアイメイクを好み、スカート丈は心配になるくらい短く、校則違反の金髪に近い髪色をしている。なのに教師たちが注意しないのは、こんな底辺校に通う生徒に誰も期待していないことに加え、リサを恐れているからに違いなかったし、亜里亜もいわゆるギャルである彼女のことがこわかった。

「リサリサ、あたしの人生が終わるときは、あたしが死ぬときだよ。炎上したくらいじゃ、あたしの人気は落ちないから大丈夫だってばよ。むしろ炎上して知名度上げたいくらいだね。てか、それいいな。よし！　みんな、あたしのこの美しい乳、投稿していいよー！」

雪見だいふくのような真っ白な胸を寄せながら、羽凜が教室にいる生徒たちに呼びかける。

「……あんたって、マジで救いようのないバカだね。あと、そのリサリサって呼ぶの、ダサいからほんとやめて」

リサは呆れたように言い放ちながらも、グラビアポーズを取る羽凜の姿をスマホに収めては笑みをこぼしている。

いったい、彼女たちと自分は何が違うのだろう。羽凜の真っ白な肌や、リサの体操服越しにもわかる豊満な胸を見つめていると、考えずにはいられなくなる。

生まれ持ってなのか、育った環境のせいなのかはわからないが、一軍女子と呼ばれる彼女たちには華がある。話しかけられただけで畏怖《いふ》してしまうような、圧倒的な存在感が。

それに比べて、自分は何のオーラもない。がっかりするほど健康的な色の肌と、貧乳な上に腹まわりについた余分な脂肪を隠すように、亜里亜は急いで体操服を着た。

「あ、更紗《さらさ》、おはよー」

教卓の上から羽凛が下着姿のままで、教室の入り口に手を振る。無論、そこにいるのは一軍女子だ。

「え……朝から何やってんの」

はしたないと言わんばかりに、羽凛を見上げ、星川《ほしかわ》更紗が苦笑している。

「羽凛ストリップ劇場」

「……何それ。はやく着がえなよ、風邪ひくよ」

「バカと天才は風邪ひかないんだよ」

「あんたそれ、どっちのつもりなの」

羽凛と戯れながら、更紗が笑うたびに、後れ毛なくきっちりと一つに束ねられたポニーテールが揺れる。亜里亜は想像する。もし自分があの髪型を真似したら、ダサいと思われること必至だと。けれど、清純派という言葉を具現化したような更紗には、その髪型がとても似合っていた。

彼女は目がそれほど大きいわけでもないし、鼻が高いわけでも、唇がふっくらしているわけでもない。けれど「このクラスで一番可愛いのは誰か」と問われたら、全員が更紗だと答えるだろう。そしてその可愛さは、羽凛やリサのように、誰かの真似や、目立とうとして作られたものではなかった。

「亜里亜ちゃん、おはよ」

更紗が机に鞄を置きながら言う。席替えで隣になってからというもの、更紗は毎朝こうして、二軍の自分に自ら挨拶を投げかけてくれる。その行為に、特別意味がないことは知っている。だがどうしようもなく、亜里亜の気分は浮き立った。

「おはよ。今日、寒いね」

「うん、めっちゃ寒いー」

「それ、更紗ちゃんのマフラー、もしかしてバーバリー？」

更紗が首から外した、ベージュブラウンに赤のラインが入ったチェック柄のマフラーを指差し、亜里亜は訊いた。

「そやで。昔、お姉ちゃんが巻いてたやつ、貰ってん」

「そうなんや、めっちゃ可愛い」

「ありがとー、うれしい」

努めて明るく会話をしながら、亜里亜はほんの一瞬だけ、自分も一軍女子になれたような気になる。

更紗は、羽凜やリサほど近寄りがたい存在というわけではない。でも亜里亜は更紗と、積極的に親しくなりたいとは思わなかった。自分が彼女の友だちとして相応《ふさわ》しくないことは明らかだったし、おそらく本能的にそれを理解していた。だから強がりなどではなく、こうして時々話せるただのクラスメイトでよかった。

――第一、私には生涯の親友がいるのだから。

その親友さえ隣にいてくれれば、たとえ誰に嫌われたとしても亜里亜はきっと平気だった。

「あっ、螺良《らら》だ」

席に座ったばかりの更紗が、主人を見つけた犬のように声を弾ませて立ち上がり、教室の入り口へ駆けていく。登校してきたのは、曜日《かがひ》螺良だった。

「螺良おはよー。今日は遅刻しなくて偉いやん」

先ほど自分に向けられた態度とは違う、本当の友だちに向けた態度。

「寒すぎてはやく目が覚めた」

小さく欠伸をしながら螺良が答える。

「螺良様、今日もかっこええなあ」

「あんなに寝ぐせついてんのにな」

近くの生徒から漏れた声に、亞里亞は心の中で頷《うなず》く。

亞里亞の恋愛対象は紛れもなく異性であり、はやく彼氏が欲しいと四六時中願っているほどだが、螺良には密かな憧れを抱いていた。というより、この学校に通う大多数の生徒が、螺良に気に入られたいと感じているはずだった。

それは彼女が、いわゆる、女子高の王子様的存在であるからだ。

百七十五センチの高身長。中性的で色気のある顔立ちは、女子ということをしばしば忘れさせた。所属しているバスケ部では、まだ一年生なのにエースとして活躍していて、普通ならば煙たがられそうなものだが、上級生からも相当気に入られている。休憩時間になるとたびたび、黄色い声と共に、螺良を呼び出しに教室まで来るのだから相当だろう。

そんな人気者の螺良に、自ら話しかける勇気を、亞里亞は持ち合わせていない。自分のような二軍が彼女の時間を拘束するのは、流石に烏滸《おこ》がましく思えた。

「はやいって言っても遅刻ギリギリやけどな。とりあえず、はやく着替えて。体育館行かな」

「え、今日って一時間目体育やっけ。だる……。更紗、一緒にサボろう」

「あかんって。螺良、遅刻しすぎて一時間目の単位、どれもヤバいやん」

「……確かに」

二人から視線を外し、亜里亜は席を立った。別に、嫉妬ではない。本気で螺良を好きなわけでもない。ただ、プールの中から見上げる太陽のように、あまりにも眩しいものは、ずっと見つめていると眩暈《めまい》がしてくる。

言わずもがな、螺良も一軍女子だ。

このクラスの一軍は、羽凜・リサ・更紗・螺良の四人で形成されていると言っていい。

入学して一カ月も経つ頃には、誰に振り分けられたわけじゃないのに、誰もが教室での立ち位置をわかっている。言い換えるなら、スクールカースト上の自分の位置を。

ルックスがよいか、抜群にコミュニケーション能力があるかなど、他の生徒よりも目立っている、上位数パーセントの生徒たちが集まる一軍。

普通という言葉では片づけられないが、もっとも多くの生徒が属する二軍。

容姿に恵まれない生徒や、変わり者の掃き溜めである三軍。

大きくはその三層に振り分けられる。

容姿も並、これといった才能も持ち合わせていない亜里亜は、もっとも多くの生徒が属する二軍の中層にいた。そして、一軍女子に憧れる一方で、そのポジションに満足してもいた。

華やかな一軍女子でもないが、三軍女子のように日陰にいるわけでもない、ごく普通の女子高生である自分に。

それに少女の世界で流行っている物語の主人公は、普通の女子という設定で溢《あふ》れている。

だから亞里亞は、この教室にいつか運命的な出来事が降り注ぐのなら――それが何なのかはわからないが――それはクラスメイトの誰でもない自分の元にやってくると、心のどこかでそう信じていた。

「乃愛《のあ》、準備できた？　体育館、一緒に行こ」

席を立つと、亞里亞はいつものように、一瀬《いちのせ》乃愛を誘いに行く。二学期のはじめに自分が籤《くじ》で引き当てた廊下側の席とは違い、窓際の乃愛の席は陽が当たって羨ましい。

「うん、できたよ。行こ」

やわらかい笑みを浮かべ、乃愛が立ち上がる。彼女こそが、亞里亞にとっての生涯の親友。

当然ながら乃愛も、二軍の中層に属している。

他の学校ではわからないが、この教室において違うランクの者同士が親友になることはほぼない。つまり乃愛は、自分と同じレベルの、どこにでもいそうな平凡な生徒だ。

でもこの学校が共学だったなら、確実に自分より、彼女のほうが男子からの人気を集めるだろうと亞里亞は思う。そのおっとりした雰囲気に女の自分ですら癒され、すべてを包み込んでくれるような包容力が、彼女には備わっているからだ。

「今日、めっちゃ寒くない」

「うん、めっちゃ寒い」

一月の冷え切った廊下は、まるで死刑台へと続くようだった。

寒さを紛らわすように、亞里亞は乃愛と腕を組む。

乃愛とは小学生の頃からの幼馴染で、これまで二人で過ごしてきた時間は計り知れない。

家が近所だったことから、登下校を共にするうちに仲が深まったのが始まりで――放課後にお互いの家を行き来するようになると、乃愛の母は自分たちを姉妹のように可愛がってくれ、夏休みになると必ず、アウトドア好きの乃愛の父が、キャンプに連れていってくれるようになった。

動物たちの鳴き声が木霊する森の中、二人で張った小さなテントで寝袋を並べて眠るとき、亞里亞は乃愛と本当の姉妹になれた気がしてうれしかった。

「今日、授業何するんやっけ」

乃愛の体温を奪うように身体を押し付けながら亞里亞は訊く。

「バスケちゃうかったかなあ」

「バスケか。じゃあ螺良様、活躍するかなあ」

「するやろねえ」

はんなりと語尾を伸ばしながら乃愛は話す。いつしかその喋り方が、亞里亞にも少し移った。

「あたしら、螺良様と同じクラスでラッキーやんな」

「うん、ほんまにい」

「あー。螺良様みたいな彼氏、ほしいなあ」

「亞里亞なら、すぐできるよお」

「そうかなあ。でも女子高やし、出会いもないし、絶望やわ」

「絶望って、大げさやなあ」

どんな下らない話にも彼女は笑ってくれる。だから乃愛といるとき、亞里亞はお喋りになった。ただの二軍女子である自分が、乃愛と話しているときだけは、この学校の主人公のように思えた。

「はーい。授業はじめまーす。まずは体育館三周ー」

体育教師である秋山則夫《あきやまのりお》のやる気のない号令が、底冷えする体育館に響く。寒さを堪《こら》えながら亞里亞たちは走り出す。

「秋山、マジでキモイわ」

「わかる。担任になったら自殺するレベル」

「リサらの担任ちょっと陰気臭いけど、口うるさくないしいいよな」

「おスズな。まあ新任教師やし、緊張してんちゃう」

前を走るリサと羽凜が愚痴《ぐち》りあっている声が、嫌でも耳に入ってくる。

女子高ゆえに、男性教諭はほとんどの場合――おじいちゃん先生ですら可愛いと――持て囃《はや》される傾向にあったが、秋山を好いている生徒はいなかった。

ご多分にもれず、亞里亞も秋山のことが嫌いだった。直接的に何をされたわけでもないが、好きになる要素はなかった。手の甲までをも覆いつくす体毛の濃さも、常に汗ばんでいるようなねっとりした肌も、生理的に受け付けなかった。

「じゃあ次は、準備体操ー。適当に二人一組になってくださーい」

走り終えると、息を調える暇も与えられないままに次の号令がかかる。

背後から、リサの舌打ちが聞こえてくる。やる気がない上に、そうやって生徒たちをぞんざいに扱う態度も嫌われている要因の一つだった。

「乃愛、組もう」

亞里亞は、隣にいる乃愛に手を伸ばす。

「うん」

その手を、迷いなく乃愛が摑む。

周囲でも次々に二人一組ができていく。

もはや誰が誰と組むのかなど、号令がかかる前から決まっている。

「水島《みずしま》、また余ったのか。今日も先生と組むか」

嫌われている要因の半分を占めているだろう秋山の無神経な物言いに、水島美心《みしん》が無言で頷く。

秋山と身体を密着させなければならないなんて、地獄だ。

同情しながらも、亞里亞は美心から目を背ける。

二人一組になってください――その号令がかかると、いつも余ってしまう彼女のことは気の毒に思うが、仕方がない。このクラスは二十七人で奇数なのだから、必ず一人が余る。そして、三軍のなかでも最下層にいる亡霊のような彼女と、二人一組になろうという奇特な生徒はいない。

亞里亞は、無意識に繫いでいる乃愛の手を、ぎゅっと握る。

「どうしたん」

「乃愛の手、あったかいなと思って」

「そう?」

「うん」

頷き、亜里亜は視線だけで他の生徒を見渡す。

きっといま、このクラスの誰もが、彼女がいることにより自分が余ることがない事実に、心のどこかで安堵しているはずだった。

「ねえ乃愛、ずっと親友でいようね」

乃愛に微笑みかけながら、亜里亜は想像する。

もしも乃愛がいなければ、自分は誰と二人一組になっているのだろう。もしも、誰も手を差し伸べてくれなかったとしたら。美心のように秋山と手を繋がなければならなくなったら。考えるだけで恐ろしくなる。

大げさでなくあんなふうに孤立するくらいなら、いっそ死んだほうがマシだと亜里亜は思う。大人になってからはわからないが、少なくとも女子高生の間《いま》は。

一

二人一組になってください

出席番号24番　水島《みずしま》美心《みしん》

そのアンケートが美心のクラスに配られたのは、高校二年になり八カ月が過ぎた、二〇一七年の秋の終わり頃だった。

【いじめに関するアンケート】
このアンケートは、皆さんが、より良い学校生活を送るために実施されます。
ここに書かれた答えは、公開されることはありません。
名前を書きたくない場合は、書かなくても構いません。

・この学校には、いじめがあると感じますか。
［はい］［いいえ］
・あなたは今、いじめられていると感じていますか。
［はい］［いいえ］
・「はい」と答えた人。そのいじめは、どのような内容のものですか。
［　　　　　　　　］
・あなたは今、誰かをいじめていると感じていますか。
または、誰かをいじめたことがありますか。

［はい］［いいえ］

・「はい」と答えた人。そのいじめは、どのような内容のものですか。

「　　　　　　　　　　　　　　　　　　　　　」

・あなたは、いじめについて、どのような考えを持っていますか。

「　　　　　　　　　　　　　　　　　　　　　」

・どうすれば、いじめがなくなると思いますか。

「　　　　　　　　　　　　　　　　　　　　　」

「二カ月ほど前……東京の女子高校で、SNSによるいじめによって、一人の生徒の命が失われた悲痛な事件を、皆さんも知っていますよね。先生もニュースを見るたびにとても心を痛めています。そして今、皆さんにお配りしたこのアンケートは、いじめをなくすことを目的に全国の高校で実施されているものです。記述通り、名前は書いても書かなくても構いませんが、必ず提出してください。掃除当番以外の生徒は、提出できた人から帰ってもいいですよ」

昨年に引き続き、このクラスの担任となった鈴田麻美《すずたあさみ》が、普段通り、感情の読み取れない声で話す。

一年前、美心たちが入学した当初、彼女は新卒一年目で、生徒たちと変わらぬように若く見えることから、一軍や二軍の生徒からは「おスズ」などという綽名《あだな》で呼ばれて親しまれている。言わずもがな、三軍の最下層で息をしている美心には、そんな気やすい愛称で呼ぶことは難しく、鈴田先生と呼んでいた。

先生は理科教員であり、理系女子を絵に描いたような飾り気のない外見や、表情の乏しさを指摘する生徒もいたが、美心は聡明さを感じていた。それは外見もそうだが、中身に対して、より一層感じていた。彼女はこれまでの、はき違えた正義感が強いだけの教師とも、愚かなほどに鈍感な教師とも違う、確かな励ましを与え続けてくれたからだ。

「ねえ水島さん、もしも悩みがあるのなら、いつでも相談に乗るから先生に教えてね。誰にも言ったりしないし、先生は水島さんの味方だから。それだけは覚えておいて」

必ず、他の生徒がいないときを見計らって、静かに、むやみに詮索することなく、定期的にそう声を掛けてくれた。

とはいえ相談する気力もなければ、意思もなく、何も話したことはなかったが、気にかけてもらえているのだと知るだけでも、果ての見えない孤独が一時的にでも薄れるのは確かだった。

・あなたは今、いじめられていると感じていますか。

そして、柔らかな励ましとは正反対の、オブラートに包まれることのない直球的な質問が記されたプリントに視線を落としながら、美心の身体は強張《こわば》っていた。

［はい］［いいえ］

解答欄にはその二択しかない。

美心は、はいといいえの間の空白を見つめながら惨《みじ》めな記憶を辿る。

この高校に入学してから、自分と話してくれたクラスメイトは数えるほどしかいない。それも雑談などではない、必要に駆られての会話だった。存在しないかのように、二年続けて文化祭の準備に誘われることもなければ、体育の時間、二人一組になれと指示があったときは必ず自分が余った。そのとき、哀れな視線ならまだしも、蔑《さげす》んだ視線を向けられたことも数えきれない。

その視線がフラッシュバックするたび、学校へ行くのが怖くなる。そういうとき、美心は心の裏側で、想像してみる。もし突然、クラスの誰もが自分と友だちになりたがったら、この絶望は消えるのだろうかと。そんなことは起こりえないのに。

だいたい、一軍や二軍女子たちの会話で、たびたび話題に上がるクラスのライングループにさえ、美心は参加していない。誘われもしなかった。だからそこに、自分の悪口が書かれているのか、知ることはない。でもきっと、書かれてあるはずだった。

美心は、喉の奥に溜まった唾を呑み込む。

――だけど私は今、いじめられているわけじゃないんだろう。

そんなふうに思ってしまうのは、中学時代に、誰の目から見ても明らかないじめを体験したせいに他ならない。美心が受けたいじめは、精神的にも、肉体的にも、壮絶すぎるものだった。

原因は体育の時間に、クラスでいじめを受けていた生徒と二人一組になり続けたことだ。

その生徒から、標的が自分に変わった合図のように無視をされるようになると、ライングループには連日、『最近、ブスが調子乗ってるよな』『いつ学校やめんのかな?』『バカは幼稚園からやり直せって感じ』名指しはされないものの、悪意の籠《こも》ったふきだしが投下された。

通知が来る度、心臓が破れそうになったが、今思えばそんなのはまだ可愛いほうだった。耐えかねてグループを抜けたが、個人的な矢が飛んでくることはなかった。彼女たちは、集団でないと何もできなかった。

美心が最も辛かったのは、お弁当箱に異物——虫や毛やゴミを入れられることだった。

「ねえ……お願いだから、これだけはやめて！　お母さんに謝って……！」

はじめてそうされたとき、美心は怒りのあまりに、教室の不特定多数に向かって声を荒らげた。だけど、逆効果だった。翌日から異物の量は倍になった。

でも、お弁当を捨てることはできなかった。不器用な母が、一生懸命、自分の為に作ってくれているものだったから。美心は何度も吐きそうになりながらも、異物を退けて完食した。

「お母さん、ちゃんと美心のために頑張るからね」

埃が付着した米を噛みしめながら、母の言葉が何度も脳裏を掠《かす》めた。

母はだいたい週に四日ほど、夕方頃から早朝まで働きに出ていた。勤め先は、木屋町《きやまち》にある人妻系の風俗店。母は美しかったが、頭が悪く、朝も弱く、まともな仕事はほとんど続かなかった。祇園《ぎおん》のホストに入れ込んだり、悪い男に弄《もてあそ》ばれては、最終的に罵声を浴びせられて捨てられていた。

きっと父との関係もそんなふうに最悪だったのだろう。美心は父の顔をよく覚えていない。物心がついた頃にはもう家にいなかった。幼い頃に殴られた記憶だけが鮮明に残っていた。

あの頃、限界に達した美心の心にはいつも、死がちらついていた。毎朝、学校に到着するたびに吐き気がして、トイレに駆け込んだ。叶うのなら放課後まで、立て籠りたかった。

しかし、二人の生活や、学費のために、好きでもない男に身体を売るなんていう、地獄としかいいようのない環境で母が頑張っているのに、自分だけが逃げだすという選択肢を選ぶことはできなかった。学校に行く時間帯は母が家で寝ているため、仮病で学校を休むことすら許されない状況で、美心は毎日、いじめられるために教室に向かった。

ストレスからだろう。授業中、無意識に髪の毛を抜いてしまう癖がついた。そのせいで一部の頭皮からは髪がまともに生えてこなくなった。

お弁当の中で蠢《うごめ》く異物がフラッシュバックして夜は何も食べられず、『これで何か食べてね』と机に置かれた千円は、幼い頃の宝物が入ったクッキー缶にしまった。

体重はみるみる減り、鏡を見るたびに亡霊のようだと美心は思った。

——私は生きる亡霊だ、と。

そうして中学二年生があと二日で終わりを告げる日だった。

『水島さんへ　お葬式はいつですか？　クラス一同出席できることを楽しみにしております』

机に置かれていたノートの切れ端には、やけにきれいな字で、そんなメッセージが綴《つづ》られていた。

それを読んだ瞬間、魂が抜け落ちるような感覚に陥《おちい》ると同時に、美心は全てから解放されたような気持ちにもなった。自分はやはり、死ぬべき存在だったのだと、そう確信できたからなのかもしれない。

いじめが始まってから、美心は自分が生きている価値が見いだせなくなっていた。それにずっと、自分が地獄に通うために母が地獄みたいな人生を送るのも、間違っていると感じていた。

睡眠薬ならば、母が毎日飲んでいるから、家に大量のストックがある。

美心はこの最低な人生に終止符を打つことを決めて、家に帰った。

すると、いつも以上に荒れたダイニングテーブルの上には、大量のカップラーメン、郵便貯金の通帳とキャッシュカード、そしてマイメロディの封筒が置かれていた。

美心へ

誕生日おめでとう。

あんなに小さかった美心が十四さいなんて、夢を見ているみたいです。

そして今日は、プレゼントのかわりに、うれしい報告があります。

じつは好きな人ができました。その人も、お母さんのことを本気で好きになってくれました。

だからしばらくその人と暮らします。

急にいなくなること、ゆるしてね。

でも心配しないで。ちゃんとしたら美心のことむかえに行くからね。そのためにお母さんががんばるから。

お金はその口座にちゃんとふりこむから、だから、ちゃんと食べてね。

はなれていても、お母さんは美心のことが大好きです。

マイメロディの便箋《びんせん》には、ピンクのペンで、女子高生のような丸っこい字で、そう綴られていた。

じっくりと二度読んだあと、便箋を元通りに畳み封筒にしまった。美心は笑っていた。どうして笑っているのか、自分でもわからなかった。全ての感情が入り交じって、壊れてしまった玩具みたいだった。電池が切れるまでひとしきり笑ったあとで、美心はスクールバッグからちゃんと空にしたお弁当箱をつまみ出すと、躊躇《ちゅうちょ》なくゴミ箱に捨てた。

もう明日から、吐きそうになりながらお弁当を食べる必要はない。持っていく必要も。お腹が空いたら、購買でパンを買えばいいのだから。

死なずとも――地獄から解放されたのだ。私も、母も。

美心は昨晩母がこぼしたシャネルの香水が染み込んだ床に大の字に寝転がり、深く息をした。それは久しぶりの呼吸のような気がした。

それから母がいなくなったボロアパートの一室で、美心は一人で暮らし始めた。

生活は以前よりずっと快適だった。もう誰にも気を遣わなくてよかった。学校も出席日数さえ気にしていれば、適度にサボれるようになった。

理由をつけるのは大変だったが、三者面談ができないこと以外に不自由はなかった。母が指定した住所――一度尋ねたが、いかにも怪しげなビルで、そこには住んではいないようだった――に必要な書類を送れば、ちゃんと記入して返送されたし、手紙に書かれてあった通り、お金もちゃんと振り込まれた。高二の今にいたるまで、一年に一度は、成長の感じられない書体で手紙も送られてきた。それは決まって、三月十七日――美心の誕生日に届いた。

中学の卒業式には出席しなかった。

母からの手紙に「卒業式には行けないけど、ごめんね」と書かれてあったから、誰も「卒業おめでとう」と言ってくれないのなら、意味がないと感じた。それに、常に自分の葬式会場のようだった教室に、一日もはやく別れを告げたかった。

いじめから逃れるように、美心はほとんどの同級生が進んだ公立高校を受験することなく、この私立の八坂女子高校へと進学した。

心のどこかに、新しい友だちができるかもしれないという期待はあった。でも、こんな亡霊のような外見では、どの学校に行こうとも、自分が最底辺に振り分けられると知っていたし、その予感が外れることはなかった。自分の声だけがない教室のざわめきの中で、美心は再び、いじめの標的にされないことだけを祈っていた。

だから今、このクラスにおいて、自分が亡霊のような存在になっていることは、美心にとって最悪な状況ではなかった。

――けれど、このアンケートの［いいえ］に◯をつけることは、正解なのだろうか。

他のクラスメイトは、何と書くのだろうか。

美心は、右斜め前の席に座る金森《かなもり》留津《るつ》を、視界を覆う前髪の隙間から見つめた。

この教室におけるカースト的な立ち位置でいえば、彼女は二軍中層に位置しているが、こんな滑り止めになるような底辺高校に通っているのが不思議なほどの秀才だ。この春からは、自ら立候補して生徒会長も務めている。

真面目な性格であり、人一倍、正義感が強いことも、美心は知っている。

なぜなら留津とは、中学が同じだったからだ。一年生と二年生の時は、クラスも一緒だった。

そしてあの日――留津がいじめをなくすために声を上げたことを、美心ははっきりと覚えている。

でも、その正義でいじめは収まらなかった。火に油を注ぐように、悪意はさらに激しく燃え上がり、手の施しようもなくなった。

だからそれ以降、留津がいじめに対して、二度と声を上げなくなったことは、仕方のないことだったと理解している。

けれど美心の心には今でも、留津が自分を救い出してくれるのではないかという希望がある。

体育の時間、二人一組になってくれるんじゃないかと。

それが、自分と一軍女子が二人一組になるよりも、あり得ないことだと知りながらも。


暫《しばら》くして美心は、書き終えたアンケートを提出し、教室を後にした。

校庭の花壇に向かう。

美心が唯一、生きていて楽しいと感じるのは、花を育てているときだった。園芸部は人気がなく、部員は美心だけだったが、一人で充分だったし、一人だからこそ気が休まった。

新しく持ってきた球根を植える。行きつけの花屋のおじいさんにお薦めされて、購入したものだ。

「きれいに咲くんだよ」

呼びかけながら、花はいいなと思う。初めからきれいに生まれてくることが決まっているのだから。

美心は、生まれ変わったら花になりたいと思う。そうすればもう、こんなに哀しい人生を送らずに済む。三年前のあの日、完全にではないとしても——母に捨てられた事実が、棘のように美心の胸を刺し続けている。

美心。この名前を付けてくれたのは母だった。美しい心を持った人になりますようにと願いを込めた名前なのだと、母は教えてくれた。

だけど世の中には、美しい心を持った人間などいないということを、美心はもう知っている。

深く息を吐いたそのとき、花壇の前にテニスボールが飛んで来た。ボールを取りに来たのは、テニス部の部長であり、同じクラスの一軍女子である星川更紗だった。更紗は美心と目を合わすこともなく、ボールを取って帰っていく。美心はその傍らで球根を植え続けた。

別に無視されたのではない。彼女は部活中であり、そもそも友だちではないのだから喋る必要がないだけだ。

更紗の気配が完全になくなってから、美心は手を止めて、自分が作り上げた素晴らしい花壇を見つめた。

こんなにもきれいに咲いてくれたのに、花なんて誰も見ていない。

歳を重ねれば感じ方も変わってくるのかもしれないが、美心はこれまで、まじまじと花を観察する生徒を見たことがない。さっきの更紗も例外ではなく、自分にはともかく、花にも一瞥もくれなかった。

美しい人が、美しい心を持っているとは限らない。美しい心を持っていたとしても、それを誰もに公平に与えるかどうかなんて、そんなのは本人の自由だ。それが普通であり、責めることでもない。

――自分がもし更紗だったとしたら、私なんかとはきっと話さない。

つまりはそういうことなのだ。

美心はそれでも湧いてくる哀しい気持ちを、球根と共に土に埋めた。

球根が開花したのは、その四カ月後の翌年――二〇一八年の二月だった。

俯《うつむ》き気味に咲く白い花。雪が雫《しずく》になったような形をしている。

美心はこの花が好きだった。

上を向かなくても美しく生きられる。そんな励ましをくれるようだったからだ。

「ねえ、その花、とっても可愛いね。何ていう花か教えてくれる？」

美心ははっとして、花壇から、声が降ってきたほうに顔を上げる。

興味深そうに花壇を見つめながら隣に立っていたのは、クラスで最も可愛い生徒だった。

「……スノードロップ」

美心はしばし目を泳がせたあとで、心臓を高鳴らせながら、その花の名を答えた。

そう。クラスで最も可愛い生徒は誰と問われれば、誰もが星川更紗だと答えただろう。

――朝倉花恋《あさくらかれん》が、転校してくる前ならば。

「ふうん。スノードロップか。たしかに、雪の雫みたいだね」

花恋は花壇の前にしゃがみこみ、うんうんと頷きながら、咲いたばかりのスノードロップを眺めている。

彼女は、あのアンケートが配られた昨年の秋の終わり頃に、東京からやって来た転校生だ。

「朝倉花恋です。よろしくお願いします」

花恋が世界に現れたあのとき、美心の脳裏にはいつか読んだ小説のワンシーンが過ぎった。

自分と同じカースト の最底辺で息をしている女子のクラスに、東京からとびきりの美少女が転校してくる。最底辺の女子は美少女の存在感に圧倒されながら、もしもこの教室で『バトル・ロワイアル』が始まったとしたら、この子は絶対に最後まで生き残るだろうという妄想に耽《ふけ》る。まさに美心も同じようなことを思った。

花恋の髪色は、その小説に登場する美少女のように緑のロングヘアではない。肩にかかるくらいの長さで、見るからに猫っ毛の少し赤っぽい普通の茶髪だ。しかし、どんなに地味な髪型だったとしても、朝倉花恋は、この世に選ばれし者に違いなかった。

花恋を見て、一軍女子たちはどんな感情を抱いたのだろう。自分よりも遥かに美しい人間に、本当の意味で出会ったとき、憧れるのだろうか。それとも嫉妬するのだろうか。

美心には到底、その答えはわからなかった。

そして、なぜこんなふうに、三軍の底辺にいる自分に話しかけてくれるのかも。

「水島さんは、花が好きなの」

花恋が問う。まるで花恋は猫のようだと思う。きっと何を訊かれても、何をされても、嫌じゃない。そしてこの可愛さは、ずっと見つめていても永遠に飽きることがないだろう。

まともに顔を見られず、スノードロップのように俯きながら、美心はこくりと頷いた。

「どうして、花が好きなの」

花恋が首を傾げる。揺れる髪の毛の先から、ふわりと花のかおりがした。

カースト上で振り分けるのなら、花恋は確実に一軍だった。

けれど彼女は一軍女子のグループには属していない。

それどころか、一軍とは程遠い……言ってしまえば限りなく三軍に近い二軍の生徒が集う生徒会に入り——花恋と入れ違いに転校した生徒が生徒会に入っていたから、その代わりにと先生に頼まれたのかもしれないが——そのメンバーと、昼ごはんなども共にしていた。

この学校においては真面目な生徒ばかりが集う生徒会には、生徒会長である金森留津の他に、一卵性の双子の姉妹——姉の佐伯日千夏《さえきにちか》と、妹の佐伯野土夏《のどか》が所属している。

祇園という、花街といえば聞こえがいいが、歓楽街や馬券売り場のある治安の悪い場所のせいか、生徒数の少ないこの学校では、一学年につき一クラスしかないために、二年生の生徒会メンバーは花恋を含めてその四人しかいない。

「何も……感じないで済むから」

ややあって、美心は答えた。

きっとクラスの誰にも、こんな素直な気持ちを吐露することはできないだろう。それは、どれほどカースト上の差があっても、同じ人間だという認識があるからなのかもしれない。

けれど花恋は、どれほど近くにいても、テレビの向こう側の人間のような、違う世界線で生きているような、そんな気がしてならなかった。

それに美心にとって花恋という存在は、ほとんど神様だった。

なぜなら花恋は、体育の時間、生徒会のメンバーを差し置いて、自分と二人一組になってくれたのだから。

もちろん、毎回というわけではない。花恋が美心と組む際は、通常なら、花恋と組んでいる留津が、自分の代わりに教師の秋山と組むことになるからだ。けれど半月に一度でも、自分と二人一組になってくれることが、美心にとっては、かけがえのない喜びだった。

「わかる」

依然として、スノードロップをしげしげと見つめながら花恋は言った。

いつだって、話しかけられるだけで、飛び上がりそうなほどに、花恋のことを敬愛している自分がいる。だが美心は、心の中で思ってしまう。きっと花恋にはわからない。この苦しみは、生まれ変わらない限り、わかるわけがない。

だって花恋は、選ばれし者なのだから。

「……あなたの死を望みます」

美心は、俯きながら咲く花を見つめながら呟いた。

「え？」

花恋がひどく驚いた表情でこちらを見た。

無理もない。突然『死ね』と言ったのと一緒なのだから。美心は慌てて説明を加えた。

「あ……この花の、花言葉です」

「なんだ、花言葉か。びっくりした」

花恋が生き返ったように笑う。

「ごめんなさい」

謝りながら、美心の心はざわめいていた。なぜ自らの神様に向かって、こんな物騒な花言葉を口にしようと思ったのだろう。今も胸にこびりついている、過去に受け取った残酷なメッセージが、突然剝がれ落ちてきたような感覚だった。

「水島さんは、なんでこの花を植えようと思ったの。誰か死んでほしい人がいるの？」

美心は息を呑んだ。

そんな直截的な質問は、これまでされたことがなかったし、そんな質問が、その名の通り、こんなにも可憐な花恋の口から放たれるとは、想像もしていなかった。

……死んでほしい人。

美心の頭には、自分をいじめてきた生徒たちの顔と――一人の生徒の顔が浮かんだ。

「ただ、この花が好きだから……です」

でも美心は、花びらをそっと撫でて、それだけを答えた。

「そっか。私もこの花、好きになったよ」

花恋がふんわりと笑う。

自分だけに向けられたその笑みを見ると、美心の胸の中には隅々にまで花が咲き乱れた。


再びスノードロップが咲いたのは、それから一年が過ぎた翌年の二〇一九年、一ヵ月後に卒業式を控えた二月の中旬だった。

「――あなたの死を望みます」

背後から声がして振り返ると、そこには花恋が立っていた。赤みがかった茶色の髪は、去年よりもほんの少し明るくなり、肩にかかるほどだった長さも胸元まできれいに伸ばされている。

「スノードロップ、今年も咲いたんだね。去年教えてくれたとき、あんまりにもこわい花言葉だったから覚えちゃった」

花壇の前にしゃがみ込み、微笑みながら花恋が言う。

何日かぶりに、花恋が話しかけてくれた喜びを噛みしめながら、美心は頷いた。

最後の一年間も変わることなく、美心は生きる亡霊だった。教室の輪に入れることはなく、カーストの底辺で息をしていた。だがこの時期にもなれば、底辺高校とはいえ、進路のことで誰もが自分のことに掛かりきりになり、特別無視されているというよりかは、存在そのものが空気であるだけ、というべきなのかもしれなかったし、最初からそうなのかもしれなかった。

結局最後まで、美心の高校生活に、青春という文字はなかった。けれどこうして、花恋と話せた日や、教室で花恋と目が合う瞬間や、花恋が二人一組になってくれた時だけは、自分が普通の女子高生として機能しているような幸せを味わうことができた。

「ねえこれ、新しい花を、植えたの？」

手が土に塗《まみ》れることも厭《いと》わず、美心が植えたばかりの苗を撫で、花恋が訊く。

美心は再び頷いた。この薔薇《ばら》の大苗も、行きつけの花屋のおじいさんに薦められたものだった。

「でも、もうすぐ卒業だよ。誰が育てるの？」

花恋が無邪気に訊く。

はっとして、確かに……と美心は思った。なんだかこの花壇は、ずっと自分のもののような気がしていた。新入生が入部するかもわからず、手入れをしてくれる根拠もないのに、新しく植えてしまったことが途端に罪のように思えてくる。

「考えて、なかったです……」

美心は考えなしだった自分を責めながら答えた。

同い年の花恋に対して、時折敬語になってしまうのは憧れもあるだろう。だが、それを抜きにしても、美心はもう自分が同級生に対してどのように話していたか、うまく思い出せなかった。

「やっぱり」

花恋は笑ったあとで続けて訊いた。

「卒業したら、水島さんは何するの」

「……私は、バイトをする、予定です」

クラスの大半の生徒は大学や専門学校に進学するだろう。美心もキャンパスライフに憧れがないわけではない。でも、この数年ですっかりコミュニケーション能力を失った自分が、謳歌《おうか》できるとは思えなかったし、それに美心には密かな夢があった。

「行きつけの、お花屋さん、で」

その夢を叶えた自分を想像しながら、美心はつけ加える。

バイト先となる花屋は、スノードロップやこの薔薇の苗を買った花屋で、店主であるおじいさんが、ほとんど好意で雇ってくれることになったのだ。

働きたいと申し出たときは、清水の舞台から飛び降りる気持ちだったが、おじいさんは「ちょうど人を探していたんだよ。でも、申し訳ないが、社員を雇う余裕はうちにはなくてね。バイトでもいいかい」と提案してくれた。

美心は、大きく二度頷いた。どんなに給料が低かったとしても、そのおじいさんのもとで働くことをずっと夢見ていた。花への愛に溢れた、その花屋で。

「お花屋さんか、いいね」

前向きな花恋の反応に嬉しくなりながら、美心は頷いた。

自立したかった。慎《つつ》ましく暮らせるだけのお金を稼ぎ、一人でも生きていけるように。

「……いつか、小さなお花屋さんを開くのが、夢なんです」

そしていつか、その夢を叶えられるように。

「へえ、水島さんは、もう夢があるんだ。とっても素敵だね」

花恋が笑顔を浮かべて言う。

ずっとカーテンを閉じていた部屋に、突然、春の光が差しこんだようだった。

「うん」

嬉しさで声が震える。

幼い頃から、花が好きだった。十歳の頃、母に「美心は、大きくなったら何になりたいの」と訊かれたときも、「お花屋さん」と答えた。

しかし母はあのとき、美心の夢を、粉々になるまで否定した。

「えー。何それ。夢なさすぎだよー。美心は、知らないかもしれないけど、お花屋さんって、脇役なんだよ？　想像してるような、きらきらしたお仕事じゃないの。朝早くて、きついし、汚いし。それに全然、儲からないし。ねえ、お花屋さん以外に、なりたいものはないの？　もっと、ちゃんとした仕事」

思い返せば、「ちゃんと」というのが母の口癖だった。

そして母はきっと、花屋に恨みのようなものがあるのだろうと、美心は思った。なぜならそんなふうに、何かを真っ向から否定されたことは、それまでなかったからだ。

風俗店で働き始める前、母は祇園のクラブにホステスとして勤めていたことがある。

だから、花屋が脇役だと決めつけて、見下したような発言をするのは、誕生日や何かのイベント等の際に、花屋が店を飾り付けに来たり、花を運んで来たりするのを見ていたからなのだろう。

でもきっと、母に花が届いたことはなかった――。

それ以来、美心は夢を胸の中にしまい、誰かに告げることはなかった。否定されて、穢されるのが嫌だった。でもさっき、花恋に告げることに抵抗はなかった。それどころか、告げてみたかった。

「いつかオープンしたら、お花、買いにいくね」

きっと花恋なら、こんなふうに優しい言葉を投げかけてくれると、夢に光をふりかけてくれるという期待があったからなのだろう。

「朝倉さんは……卒業したら、どうするの」

久しぶりに、心の中に彩りを感じながら、美心は訊いた。

「私はねえ、東京に帰るの。留津が勉強を見てくれたおかげで、四年制の大学に受かったんだよ。奇跡だよね。てか、生徒会に入ってるのに、頭悪いってうけるよね」

確かに花恋は頭がいいとは言えなかった。補習や、追試を受けているところを、何度か見たことがある。

「そういえば留津はね、学校の先生になりたいんだって。すごいよね。尊敬しちゃうな」

花恋が続けて言う。

……留津。繰り返されるその響きに、美心の胸は締め付けられる。

花恋と留津は、この一年間で親友と呼べるほどの関係性になっていた。それは二人と同じ教室に存在しているだけの美心から見ても、疑う余地はなかった。

秀才であるがゆえなのか、留津は昔から、優等生そのものといった外見をしている。眼鏡をかけていて、肩まで伸ばされた黒髪は一本一本が意思を持ったように几帳面に耳にかけられ、赤毛のアンのように目元から頬にかけてそばかすがある。正直、美少女そのもののような花恋とは釣りあっていない。けれどそれは、見た目の話に過ぎない。

人はいつだって、自分にないものを持っている人間に惹かれる。

だから美心は、美しい花が好きで、自分にないものをすべて持っている花恋が眩しいのだ。

きっと花恋も、留津に対して、そうだったのだろう。

明らかに外見的なレベルが違う留津と花恋が親友になったことに顔をしかめる生徒もいたが、美心にはその理由がわかった。そもそも花恋は、カーストなど気にするような生徒ではない。気にしていたら最底辺の生徒と自ら二人一組にはならない。そして花恋が誰と親友になろうとも、彼女のカーストの順序が下がることはないだろう。

それにしても留津は、教師を目指すくらいなのだから、やはり本来なら、こんな底辺の女子高ではなく、もっと偏差値の高い高校へ入学できたはずだ。例えば鴨川沿いにある、誰もが憧れる公立高校に。

――なのに、留津がこの学校を受験したのは、なぜなのだろう。

いつから、教師になりたいという夢を、抱いていたのだろう。

「……朝倉さんは、どうして、この学校に転校してきたんですか」

留津とはじめて言葉を交わした日のことを思い出しながら、美心は訊いた。

「うーんとね、一時期、不登校だったの、私」

思ってもみない返答だった。

きっとこういうとき、花恋だったら、無邪気にどうしてと訊くのだろう。その理由を訊ねて欲しいと、自分ならば思うだろう。でも美心には勇気がなかった。

言葉を探している途中で、下校のチャイムが鳴った。

「じゃあ、卒業式でね。写真、撮ろうね！」

スカートを翻《ひるがえ》しながら立ち上がり、中途半端に終わった会話に未練がある様子もなく、花恋が去っていく。

その姿が見えなくなってから、美心は思わず溜息を吐いた。

自分も花恋のように美しかったら。留津のように賢かったら。正々堂々と、花恋と友だちになれたのだろうか。名前で呼び合うことができたのだろうか。

一度くらい、花恋に下の名前で呼ばれてみたかったなと思う。

そして、呼び捨てにはできなくとも、花恋ちゃんと、呼んでみたかった。

しかしもう、叶うことはない。

卒業すれば二度と、花恋と会うことはないだろう。東京に行ってしまうのだから、なおさら。

たとえば親友同士だったとしても、ずっと一緒にい続けることは困難だ。

友情は儚《はかな》い。何よりも。美心はそう思っている。

美心へ
　お誕生日おめでとう。

　そして、高校卒業おめでとう。

　三年間、一人でよく、がんばったね。

　なかなかむかえに行けなくて、なにもしてあげられなくて、ごめんね。

　でもお母さん、美心のことは、あれから一日だって、忘れたことはないんだよ。

　それだけは、信じてね。

　そして。明日の卒業式、ちゃんと行くからね。はりきって、スーツも買っちゃったんだから。

　卒業式が終わったら、これからのこと、ちゃんと話そうね。


　美心はポストに入っていた手紙を読み終えると、小さく畳んでブレザーの胸ポケットに仕舞った。昨日のうちにポストに届いていたのは知っていたが、今朝まで読まずにいた。読むのがこわかった。また「卒業式に行けない」と書いてあったら、起き上がれる自信がなかった。

　白い梅の花が咲く家の角を曲がり、学校への道のりを歩きながら、四年ぶりに母に会えるのだという高揚感が、美心の足を速めた。

　この門を潜るのも、今日で最後だ。

　学校に着き、くすんだ校舎を見上げ、少しだけ感慨深く思う。学校は嫌いだったが、繁華街の中心に聳《そび》え立つ、このクラシカルな佇《たたず》まいの校舎を美心は気に入っていた。

土地が狭く、講堂としても使っている体育館はバスケットコートほどの大きさしかないため、例年卒業式には三年生しか出席しない。

下級生たちのいない閑散とした廊下を抜け、無言で教室に入る。『卒業おめでとう』の短冊がついた鮮やかな黄色の薔薇のコサージュが、全員の（もう胸につけている生徒もいたが）机の上に置かれてある。

美心は最後列中央の自分の席に着くと、他の生徒と同様にコサージュを制服の左胸にあるポケットにつけた。

それにしても……教室が異様にざわめいている。

卒業の日を迎え、離ればなれになる哀しみに暮れて、という雰囲気でもなかった。

むしろ怒りや混乱に近い声が飛び交っていた。

視力がそれほど良くないことも相まって、美心はその原因にしばらく気がつくことができなかった。二月の最終授業の日に黒板に書かれた寄せ書きが消されていたことにも。なぜなら美心だけは、その寄せ書きに参加していなかったからだ。

しかし周囲の声に耳を澄ませているうち、ようやく元凶がわかり、美心は黒板に目を凝らした。寄せ書きに何が描かれていたか知らなくとも、緑色の黒板に映える、白いチョークで書かれた事項に違和感を覚えた。

それは、担任である鈴田先生の字で間違いはなかったが――ありがちな教師から卒業生に向けたメッセージではなく、何かゲームのルールのような内容が書き連ねられていた。

【特別授業】

・二人一組になってください
・相手と手を繋いだ瞬間【二人一組】と判定します
・誰とも組むことができなかった者は、失格になります
・全員が二人一組になり終え、その回の失格となる者が確定したら、次の回へと続きます
・一度組んだ相手と、再び組むことはできません
・残り人数が偶数になった場合、一人が待機となります
（待機する者は、投票で決定します）
・人数が半数以下になったら必ず「二人一組になってください」の掛け声で始めてください
（破った場合、その回は無効になります）

・特定の生徒が余った場合は、特定の生徒以外全員が失格になります
・最後まで残った二人、及び一人の者が、卒業生となります
（卒業生は遅れず、卒業式に出席してください）
・授業時間は約六十分です
・卒業式までに卒業生が決まらなかった場合、全員が失格となります
［例外として］
・授業の途中で、教室の外に出た者は、即失格となります
・自他に関わらず、コサージュを外した者は失格となります
（相手のコサージュを外した者も同様です）

「特別授業……って、なんだってばよ」

「二人一組になってくださいって、体育かよ」

「てか、失格って何」

「失格になったら、卒業式、出られないってこと？」

「いやいや、ないっしょ」

もうすぐ校則が無効となるからだろう。とうとう金髪になった大神リサと、春休みの間に明らかに二重幅をアップデートさせた根古屋羽凜が、意図の摑めない板書に対して、冗談を言い合っては手を叩いて笑っている。美心はこの一軍の二人と一度も言葉を交わしたことはないが、喋りたいと思ったこともなかった。

そして、呆然と黒板を見つめながら――何か嫌な予感が全身に巡っていくのを感じていた。

「おはー」

暫くして、入学当初から女子高の王子様として君臨し続けた曜日螺良が、いつも通り眠そうな声で登校してきた。

「螺良おはよー。卒業式の日まで、遅刻ギリギリやん」

全員が揃った教室のなかを、更紗がトレードマークのポニーテールとコサージュの短冊を靡《なび》かせ、螺良めがけて駆け寄っていく。

「てか螺良、あれ見てよぉ。みんなで書いた黒板の寄せ書き、消されてる上に、変なルールみたいなのに変わってるねん」

螺良に向かい、甘ったるい口調で話しかけているその姿は、あのとき花壇にテニスボールを拾いに来た更紗とはまるで別人のように思えた。卒業を迎え、明日からは顔を合わせることもなくなるというのに、一軍女子たちのあからさまな差別に、美心は哀しくなる。

「ほんまや。何やこれ。二人一組になってください……？」

寝ぼけ眼《まなこ》をこすりながら、螺良が譫言《うわごと》のように呟く。

三年間、このクラスの担任であった鈴田麻美が教室に入ってきたのは、そのすぐ後だった。

「あ、おスズ。これなにー」

瞬時に羽凜が黒板を指さしながら、舌ったらずに問う。

いつもの先生なら、どんな些細な生徒の質問にも必ず答えている。だが先生は、羽凜の問いかけを無視して教壇に立った。卒業式だからだろう。見慣れたスラックス姿ではない、まるで喪服のような漆黒のスカートスーツを着ている。その漆黒の中で、襟についている、さっき美心が胸につけたのと同じ黄色の薔薇のコサージュは、やけに目立って見えた。

「皆さん、おはようございます。そして、この日を迎えられたこと、おめでとうございます」

美心は背筋がぞくりとした。表情が乏《とぼ》しいと言われ続けてきた先生が、これまで見たこともないような、晴れやかな笑顔を浮かべていたからだ。それは、この日が待ち遠しかったと言わんばかりの、生徒たちが卒業するのが嬉しくてたまらないというような表情だった。

「おスズ、そんな形式的なのいいからさ。黒板に書いてあるこれ、なにってばよ」

先生の声を遮《さえぎ》るように、羽凜が再び問いかける。

しかし先生は、その声も無視した。

「今日はこの後に卒業式がありますが――その前に、最後の授業を行いたいと思います」

羽凜は大袈裟に両手を首の高さで広げ、後ろの席の生徒に向かい、「は?」と言わんばかりの、変顔をしてみせる。

「それは、選ばれた生徒だけが参加することのできる、生涯忘れることのできない、特別な授業です」

先生はおそらく、教室の後方の壁に貼られている、ある単語を見つめながら言った。そこには書道部の生徒が、ダイナミックな書体でしたためた『希望』という字が貼られていることを美心は覚えている。

「だーかーらー、どういうことだってばよ」

キレ気味に羽凜が言い放つ。羽凜の席は教卓のすぐ前なのだから、その声が先生に届いていないはずはなかった。しかし先生はやはりというか、羽凜に視線を配ることもなく話を進めた。

「そうです。皆さん、本当におめでとうございます。この度、このクラスは『いじめをなくそうキャンペーン』の対象教室に選ばれました」

おめでとうございます——これまで聞いたことのない嬉々とした声で繰り返し、再びあの笑顔を浮かべながら、先生は一人で拍手をしている。その異様さに美心は息を呑んだ。陽気だった教室のざわめきが、一気に陰りのあるものへと変化していく。

「今日のおスズ……なんか変じゃない」

「うん、すごい変……」

前の席に座るクラスメイトがこそこそ話を始める。おそらく全員が同じ感想を抱いていた。

この三年間、先生は生徒たちに親しまれていた。と言えば聞こえはいいが、実際は生徒たちからなめられていた。年齢が近いというのが一番の理由だったが、クールさとは紙一重の陰気な雰囲気や、担任でありながら、校則違反のリサの髪色に対して指摘すらできない弱気な性格が、それを助長させていた。

「さて。黒板に書かれている【特別授業】というのが、そのキャンペーンの内容なのですが、授業の説明をする前に……、皆さんは、二年生の秋に配られたアンケートを覚えているでしょうか。『いじめ』についてのアンケートです。そのアンケートによると、このクラスには『いじめ』がある——と、記されていました。それは赦《ゆる》されるべきことではないとも。あるいは、いじめをした人間は死刑になるべきだとも。そして先生もこの三年間ずっと、そう感じ続けていました」

質問する隙を与えないままに先生は話し続ける。いつも生徒にからかわれると、黙り込んでしまう先生とは明らかに何かが違った。決意のようなものが全身から放たれていた。

【特別授業】というのがどういうものなのか、見当もつかない。『いじめをなくそうキャンペーン』と銘打《めいう》っているくらいなのだから、何か、正義に基づいた授業がはじまるのかもしれないが、黒板に書かれているのは【二人一組になってください】というトラウマとしか言いようのない呼びかけだ。動悸がする。美心は、一刻もはやくこの場から逃げ出したい気持ちでいっぱいだった。

「は？　いじめなんてないんですけど」

堪りかねた表情で、リサが不機嫌に言い放つ。

美心の指先は、ちいさく震えた。

そうなのだ。やはり、誰も話しかけてくれなかったのは、誰も二人一組になってくれなかったのは、ライングループで陰口を叩くのは、いじめではない。そう。いじめではないのだ。自分以外の誰かにとっては。

「皆さんが覚えているかわかりませんが……あのアンケートを取った数ヵ月前に、東京の高校で、SNSによるいじめを苦に自殺した生徒がいました。その生徒をいじめていた生徒たちは、結局、逮捕されることはありませんでした。何の制裁も受けず、のうのうと未来を生きていくんです。いじめていたことなんて忘れて、大人になっていくんです。そして、そいつらが生んだ子供たちが平気でいじめを繰り返す。このままでは『いじめ』がなくなることなど、未来永劫ありません。そしてこの教室で行われていたような、目に見えにくい『いじめ』がなくなることはもっとないでしょう」

先生は時折、暴力的なほどにていねいな口調を荒らげながら、いっきに早口にそう述べた。

「ねえ……マジで意味わかんないんだけど。いきなり何言ってんの？　頭大丈夫？」

リサが半笑いで言う。机の下で組まれた、ほどよく筋肉のついた長い脚は、無視されたことへの怒りを主張するように、小刻みに揺すられている。

そのときだった。先生が、ふっと笑った。

「大神リサさん、そうですよね。意味が、わかりませんよね。あなたの言うように、このクラスには『いじめ』なんてないのかもしれない。誰かの思い過ごしなのかもしれない。あるいは『いじめ』を受けている生徒の自意識過剰なのかもしれない。私も目に見えない『いじめ』に対して、何もすることができなかった。だからこそ先生は、この【特別授業】を通して、考えてもらいたいんです。……そう。例えば体育の時間に、二人一組になってくださいと言われて、自分だけが余る気持ちを」

誰も、こちらを振り返っているわけではない。けれど、クラスメイトの視線がいっきに自分に集まるのを美心は肌で感じた。

「おはよーございまーす」

体育教師の秋山が、平常通り、覇気のない挨拶と共に教室に入ってきたのは、教室が静まり返ったときだった。

スーツの袖から伸びる手に生え散らかる体毛が美心の視界に飛び込んでくる。いつも余り者の自分と組んでくれた秋山のことは、嫌いではないが、その縮れた体毛は、お弁当に入れられた異物を思い出させて、吐き気を伴うほどに苦手だった。

「鈴田先生、用って何ですか。私、卒業式の準備で忙しいんですが」

苛立った様子で、秋山が問う。

どうやら秋山は、鈴田先生に呼び出されたらしかった。先生は教室の入り口に身体を向けると、秋山を睨みつけながら、憎しみを込めた声でこう述べた。

「そしてアンケートには、こういうふうなことも書かれていました。『例えば体育のとき、先生と二人一組になってばかりの生徒が、いなくなるように』と」

その瞬間、美心は心臓が止まりそうになった。

今すぐ席を立ちたいと思うのに、金縛りにあったように身体が動かない。アンケートに『先生と二人一組になってばかりの生徒が、いなくなるように』と、そう書いたのは——誰でもない、自分だった。

「……鈴田先生、いきなり何を言いだすんですか」

秋山が怪訝《けげん》そうに先生を睨み返す。

「失礼ですが秋山先生、あなたは体育の授業中、いつも余る生徒がいると認識していたにもかかわらず、この三年間、生徒たちの意思で、二人一組になることを指示し続けましたよね？　時々は名簿順で組ませるようにお願いしていたのに」

先生はまくしたてるように話す。その口調はやはり、いつもとは別人のようで、秋山も口をぽかんと開けている。

「鈴田先生。いきなりどうしたんですか？　よくわかりませんが、どこの学校でも、体育の時間は特に、準備体操があるんだから、生徒を二人一組にさせることなんて、ごく当たり前のことでしょう。それに、このクラスの人数は奇数です。名簿順で組んでも、誰かが余る。だったら、仲がいいもの同士で組ませてあげようという、配慮ですよ、配慮」

へらへらと秋山が答える。先生は絶望そのものを吐き出すような、大きな溜息を吐いた。

「秋山先生は、いつも余っていた生徒の気持ちを、一度でも考えたことがありますか」

「そんなこと、我々教師には関係ないでしょうが」

秋山も張り合うように溜息を吐いた。

先生は生徒のほうに向きなおり、ぱんっと、音を響かせて自身の掌を合わせた。

「はい。きっと今皆さんは、私と同じ気持ちになったはずです。そうですね。そして、言わずもがなですが、秋山先生がその生徒にしてきたことは『いじめ』です。従って今回は特別に、秋山先生にも【特別授業】に参加していただきたいと思います」

再び、たった一人の拍手の音が教室に鳴り響く。

そして先生は、静かに自身のスーツの襟から黄色の薔薇のコサージュを外すと、微笑みを湛えながら、動作に詰まることとなく、秋山のスーツの胸元へと移し替えた。

「あの……何してるんです？　てか、特別授業って……何ですか、それ。すいませんがね、鈴田先生、さっきも言った通り、私は今、とてつもなく忙しいんです。なんたって今日に限って、他の先生たち、みんな遅刻なんですよ。連絡しても繋がらないし。卒業式だっていうのに、有り得ないでしょう。というわけで、鈴田先生もホームルームが終わったら、すぐに手伝いに来てくださいね。紅白幕が入った地下の道具室のカギがどこ探してもなくて、本当困ってるんです。生徒はともかく、保護者の方が来る前に準備を終わらせないと……」

秋山は、先生の自己陶酔ぶりに呆れた口調でぶつくさと愚痴を放つと、付き合っていられないというように踵《きびす》を返した。面倒なのだろう、その胸に不似合いなコサージュを外す気配はない。

「秋山先生、授業はもう始まっていますよ。黒板の規則を読みましたか？　教室を出ると『失格』ですよ」

その背中を刺すように、先生が言う。

美心はもう一度、黒板に目を凝らした。

・授業の途中で、教室の外に出た者は、即失格となります

彼女の言う通り、確かにその項目がある。

しかしそれが何の規則なのか、『失格』が何を指すのか――まだ説明を受けていないのもある

が――美心には到底解らない。

秋山は呆れたように、もう一度、さらに大きな溜息を吐いた。

「失格でいいので、行きますねー」

そして投げやりにそう告げると、黒板の規則には目もくれず、廊下へと足を踏み出した。

酷い雨が降り始めたのは、その直後だった。

美心は反射的に、窓の外を眺めた。この世の汚さをすべてを洗い流すような、強い雨だった。

「え、なに、キモイんだけど！」

雨の音に重なり、羽凜の声が響いた。

視線を遣ると、秋山がまるでゾンビのように、廊下と教室の狭間でふらふらと身体を揺らしていた。そして次の瞬間、その眼球が上を向くと、これまで何度も合わせた秋山のごつい背中は、教室の床に吸い寄せられるように、バタンと大きな音を立てて後ろに倒れ込んだ。

「きゃああああああああああ」

羽凜を含め、前列に座る複数の生徒から、悲鳴が上がった。

「皆さん、静かにしてください。残念なお知らせです。秋山先生は、はやくも『失格』になってしまいました」

先生が、淡々と告げる。

――失格。

その言葉の意味を、美心はまだ理解できていない。

教室の入り口から仰向きに倒れた秋山の顔は、丁度、廊下側の最前列に座る、双子の妹――佐伯野土夏のスカートの中を覗き込んでいる。

「あ……あの、先生。秋山先生、動かないです……」

野土夏が、小さく手を挙げて震える声で言った。

倒れたきり、秋山が起き上がる気配はない。

野土夏が発言したあと、その後ろの席に座る双子の姉である日千夏が、すぐさま立ち上がって、秋山の状態を確認した。

「……もしかして、ワンチャン死んでる説ある？」

そうはしゃぐのは、日千夏ではなく、その様子を、机から身を乗り出して見ていた羽凜だ。

その説を確かめるように、日千夏が秋山の口元にそっと手を伸ばす。呼吸をしていなければ、そういうことになる。だがそれを制するように、先生は日千夏の腕を摑み、語気を強めて言った。

「佐伯日千夏さん、席に着いてください。根古屋羽凜さんも。今から【特別授業】の説明をしますから」

普段とは百八十度異なる高圧的な態度に痺れを切らしたのは、やはりリサだった。

「あのさー、特別授業だかいじめをなくそうキャンペーンだか何だか知らないけど、このクラスには『いじめ』なんてないから。いきなりキャラ変してさ、天下取ったみたいに偉そうに指図すんの、いい加減にしてくんない。つか『失格』って、どういう意味。秋山、何でいきなり倒れたわけ」

リサは通常通り、その言葉遣いも、先生に対する態度も最低だったが、投げられた質問自体はクラス全員が訊ねたいことで間違いなかった。

先生は日千夏の腕を放すと、教壇に戻り、ゆっくりと前を向いた。その目は再び『希望』という字を見ているのだと、美心にはわかった。

「皆さんは本当に、この教室にあるものが、全く見えていないんですね。では、先に話しましょう。……これは先生が、皆さんと同じ、高校生だったときの話です」

そして先生は冷笑のあと、舞台の幕が上がるかの如く、話し始めた。

「先生のクラスには『いじめ』がありました。でもその『いじめ』を、学校に通うだれもが意識しているわけじゃなかった。いじめられている生徒が見えている人と、見えていない人がいました。だから見えていない教師は、平然と言いました。そう、例えば体育の時間。『二人一組になってください』と。それが私にとって、死刑宣告のような号令であるとも知らずに。……そうです。先生はいつも余っていました。先生と組んでくれるクラスメイトは、一人もいませんでした。でもみんな、余らせようなんて思っているわけじゃありません。ただ――仲のいい友だちを優先しただけに過ぎません。それに先生は、クラスの亡霊だったから。クラスメイトたちが裏で、私のことを『亡霊さん』と呼んでいることも知っていました。それが私の地味な外見や暗い性格のせいだとも、わかっていた。それでも私は、余るたびに死にたかった。楽しげなざわめきのなかで、孤独に胸を刺されながら、亡霊でい続けることしかできないのが苦しかった。でも先生がそんな気持ちでいることすら、誰も知りませんでした。つまり、そこには『いじめ』なんてなかったのです。私以外の生徒にとって、その光景は、ただの日常でした」

当たり前だが、先生も七年前までは、自分たちと同じ生徒だったのだ。そして美心には、その情景がはっきりと目に焼き付くように浮かんだ。

「……でも、卒業を控えたある日のことでした。先生が通っていた高校が『いじめをなくそうキャンペーン』の実施校に選ばれたのです。そして、それに伴う【特別授業】で行った、あるゲームを通して、クラスメイト全員が……私を疎外していたことに――自分自身のなかにある『無自覚の悪意』に気が付いてくれたのです。本当に、うれしかった……。生まれて初めて、生きる希望を感じました。正義はちゃんとあったのだと。先生はいつかこの世界から、本当の意味での『いじめ』がなくなることを祈っています。そして先生のような思いをする生徒がいなくなることを」

演説めいた独白が終わる頃には、教室はすっかり静まり返っていた。

美心は静かに、意識的に、息を吐いた。先生の話に聞き入っているあいだ、呼吸をすることを忘れていた。高校時代の彼女が、憑依《ひょうい》したような感覚になっていた。

「ですので――」

雨の音が降り注ぐ教室に、再び、ぱん、と掌を合わせる音が響く。

そして先生は、茫然《ぼうぜん》とする生徒たちに向かい、高らかに宣言した。

「今から皆さんには、あの日、先生が参加したのと同じ【特別授業《ゲーム》】をしてもらいます」

――ゲーム。

彼女の口から放たれたそれは、全くもって楽しそうな響きではなかった。

「根古屋羽凜さん、質問に答えるのが遅くなって、ごめんなさいね。黒板に書いた規則《ルール》について、今からきちんと説明しますね。一度しか説明する時間がないので、皆さんも、黒板を見ながら、しっかり話を聞いてくださいね」

いつもの、表情のない淡白ながらも穏やかな口調に戻って、先生は言った。やはり、羽凜の声は届いていたのだ。胸の鼓動が速くなるのを感じながら、促された通り、美心は黒板を見つめた。鼓膜に伝わる雨がますます激しさを増していく。

「今から皆さんには、『二人一組』になってもらいます。一回目は、クラスメイトの誰かと手を繋いでください。二人が手を繋いだ瞬間『二人一組』になったと判定します。最後に余った一人が『失格』になります」

明らかに強調された『失格』という言葉の意味を、誰も訊こうとはしなかった。

教室を出たために『失格』になった秋山は、あれ以降屍《しかばね》になったようにぴくりとも動かない。でも、あんな体格のいい男が、転倒したくらいで死ぬはずがない——。気絶しているだけなのだと、美心も、おそらく他の生徒も、そう思い込もうとしていた。

「秋山先生が失格となり、このクラスは現時点で二十七人ですので、二回目は二十六人でスタートです。偶数の場合、余る人がいなくなるので、待機する一人を投票で決めてください。投票の形式は、皆さんにお任せします。待機する人が決まったら、その人を省いた二十五人で、再び『二人一組』になってください。一回目と同様に、最後に余った人が『失格』です。一度、組んだ人と再び組むと『失格』になりますから、注意してくださいね。その後も、最後の二人、または一人になるまで、これを続けていくだけです。簡単でしょう?」

先生は、憑《つ》き物が落ちたように、にこりと笑った。

「細かいことは、黒板の規則に従ってください。人手が足りないようですので、先生は卒業式の準備に行ってきます。今から丁度一時間後……十時から卒業式が始まるので、最後まで残った人は、遅れずに出席してくださいね」

説明を終え、教壇を下りた先生の手がかすかに震えているのが、美心の目に映った。

「これは回収しておきます」

野土夏の足下で倒れたままの秋山の両足首を両手で掴み、先生が軽やかに言う。そして、教室から退場させるように、ずるずると廊下へ引きずっていった。

数十秒間、教室には、その音と、雨の音だけが響き渡った。

「うん。つまりこれって……まさかのまさかだけど、デスゲームってやつ？」

先生たちの気配が完全になくなってから、冗談交じりにそう口火を切ったのは、羽凜だ。この状況を楽しんでいるような、弾んだ声だった。

「んなわけないやろ。つか、ゲームとかだるすぎ。無理なんやけど」

リサは鼻で笑い、机の上に堂々と置かれたスマホに手を伸ばす。煌々《こうこう》と光る待ち受け画面では、藤田ニコルが口元でピースサインを作り、可愛らしい笑顔を際立たせているが、その笑顔は、すぐに見えなくなった。

「は？　圏外なんやけど」

リサが藤田ニコルの顔面を机に叩きつけるように、スマホを乱雑に置いたからだ。

もう先生はいないというのに、美心はこそこそと、机の下で自分のスマホを確認した。圏外と表示されている。

「え、私もなんだけど」

「うちも」

「なんで、マジだるい」
「てか、ゲームって何」
「わかんない」
「秋山どうなったの」
「こわいんだけど」
「トイレ行きたい」
「でも教室から出たら『失格』って」
「どうしたらいいの」
「わかんない」
「ねえ、彼氏にライン返せないんだけど」
「それな」

緊張の糸が切れたのだろう、一斉に皆が騒ぎだす。どうやらすべての生徒のスマホが圏外になっているようだった。少なくとも先生が来るまでは普通に使用できていたのだとすると、どこかに電波を妨害する装置があり、それが作動したのだと考えられた。だが見渡す限りそれらしき装置は見当たらない。でも美心は他の生徒のように、電波がないことで心は乱されなかった。なぜなら美心のスマホは、母が出て行った半年後から止まっていて、常に圏外だった。時計代わりと、Ｗｉ－Ｆｉ環境ではネットが使えるから、持っているだけだ。

美心はおそるおそる、右隣の席を見た。最後の席替えで隣になった、朝倉花恋の横顔を。

花恋は他の生徒とは違い、スマホを取り出すことなく座っていた。そして、拍子抜けするほどにいつも通りの表情だった。思わず見惚れてしまう、どこかあどけなさの残る美しい顔。そこに一切の怯えは感じられなかった。むしろ、心のどこかでわくわくしているのではないかと思わせる不敵ささえ、あった。

美心はゆっくりと左隣に視線を移す。

同じく最後の席替えで隣になった金森留津は、今から普段通りの授業が始まるのではないかと錯覚してしまうほど、椅子に姿勢よく座り、真剣に黒板を見つめている。けれどその表情は、花恋とは対照的に、酷く強張っていた。

視線を感じたのだろう。留津と目が合いそうになり、美心ははっとして、すぐに逸らした。

「野土夏、落ち着いて。大丈夫。大丈夫だよ」

前方から、日千夏の声が聞こえてくる。美心はそちらに視線を移した。床にへたり込み、顔を真っ青にして息を荒くしている野土夏の背中を、日千夏が宥《なだ》めながら摩《さす》っている。

「そういや双子さ、見たんやろ。秋山って、どうなったわけ」

教室の中央に座るリサが、圏外のストレスをぶつけるように、荒々しく二人に訊いた。

さっき『失格』となった秋山の容態をはっきりと目にしたのは、廊下側の最前列に座る野土夏と、その後ろに座る日千夏だけだった。だから、確かめたい気持ちは同じだ。でもそのせいで、過呼吸になりかけている生徒に訊ねるのは、いくらなんでも非道な気がした。

「なあ、聞いてる？　死んでたとか、ないよな？」

だがリサは気遣うことなく詰め寄る。

呼吸が乱れるほどのパニックに陥っていた野土夏が、過呼吸になるのに時間はかからなかった。

日千夏は立ち上がると、すばやく自分のスクールバッグからビニール袋を取り出し、野土夏の口元に当てた。教室で野土夏がそんなふうになったのを、美心は見たことがなかったが、その所《しょ》作《さ》からは、これが始めてではないのだろうことが窺《うかが》えた。

「ちゃんと見たわけじゃないけど、ワンチャン、死んでたかも」

双子より距離はあったが、黒板前の最前列に座っていた羽凜が答える。それは一切、深刻な口調ではなかった。

「じゃあワンチャン『失格』になったら、死ぬってことか」

骨を何本か抜いたのではないかと思うほど細い腰に手を当て、双子の緊迫した様子を見下ろしながら、リサが半笑いで言い放つ。

おそらくまだ誰も、この状況を深刻に捉えてはいなかった。それは美心も同じだった。漠然とした恐怖には包まれていたが、それ以上の感情にはなっていない。秋山が『失格』になったとはいえ、先生から説明を受けたゲームのようなことは何も始まっていないのだから、なりようがなかったと言ったほうが正しいのかもしれない。

「なんか、よくわからんけど、眠いし、帰ってもいいかな」

すべてが他人事のように、王子様フェイスが台なしになる大きな欠伸と供に、曜日螺良が吐く。

「螺良、教室から出たらダメやって。『失格』になるよ……」

螺良の腕を摑み、涙声になりながら星川更紗が引き留める。

教室から出れば『失格』になる。現状で明らかになっているのはそれだけだった。

ドラマを見ているような気持ちで、一軍女子たちのやり取りを傍観していると、美心のすぐ傍でガタッと席を立つ音がした。

「ひとまず――二人一組になりませんか」

混沌とする教室に、そんな提案を投下したのは、留津だった。

「……は？　会長、あんた頭湧いてんの？　本気で言ってないよね」

偽物の長い睫《まつげ》を羽ばたかせながら、リサが留津を睨《にら》みつける。

留津は小さく息を吐き、ずれた眼鏡を人差し指で元の位置に直してから、話し始めた。

「最後列の私の席からは、秋山先生がどうなったのか、よく見えませんでした。だから『失格』になるというのが、どういう意味を持つのかわかりません。でも万が一……本当に万が一、『失格』になるということが、『死』を意味しているのだとしたら。黒板に書かれてある規則の通り、卒業式がはじまる十時までにゲームを終わらせないと、全員が死ぬことになります。つまり制限時間はあと約一時間。二人一組になって、余った人が一人ずつ『失格』になっていくことを想定して、単純計算すると、一回にかけられる時間は、二分強しかありません。そしていま、先生が去ってから、もう……三分が経っています」

・授業時間は約六十分です

・卒業式までに卒業生が決まらなかった場合、全員が失格となります

美心は、黒板に書かれてある規則を確かめてから時計を見遣った。

留津の言う通り、針は九時三分を指している。

「つまり、リサたちに死ねって言ってんの？」

リサの乱暴な問いかけに、留津が首を振る。

「私はただ……現状を整理しただけです」

「何その言い方、ムカつくんやけど。ねえ、リサのことバカにしてる？」

ガタッと音を立てて席を立ち、喧嘩腰に留津の席へと歩み寄っていくリサの足を止めたのは、リサの後ろの席に座る更紗だった。

「ねえリサ、一回落ち着いて！　一回よく考えよう。秋山先生が急に倒れたから、私もびっくりしたけど、冷静に考えたら『失格』になったからって、死ぬわけないって。だって今日、卒業式やで。この後、親も来るし。それに、二十五人も死んだら、大量殺人事件やん。おスズは、前にも同じ授業をしたって言ってたけど、過去にそんな大人数の生徒が死ぬようなことがあったんなら、ニュースになってるはずやし、私、そんなん聞いたことないもん」

――そうだ。

はっとして、美心は思い出す。今日は卒業式に母が来るのだと。

「確かに更紗の言う通り！」

机に頬杖をつきながら電波の繋がらないスマホを弄っていた羽凜が、声を上げて立ち上がる。

「うん、死ぬわけないってばよ。てことで、電波もないし、暇やし、折角やから、とりあえず会長の言う通り、二人一組になってみよーよ！　ほんでもし余った人がさ、『失格』になってマジで死んだら、ウケるくない？」

それから開き直ったように教室全体にそう投げかけると、面白そうにクスクス笑った。

ウケる――その言葉を受け止めた美心の胸は、ずきずきと痛み始める。

「ちょっと羽凜、何笑ってんのよ。それに、死ぬとか、アホ言わんといて」

「だって更紗、考えてよ。こんなバトロワみたいな展開、ほんまに体験できるん熱すぎひん？　電波繋がってたら、絶対に生配信してたレベル。あ、そか。いいこと思いついた！　録画だけでもしといたらいいんやな。あたしって天才」

それは、自分が余ることを微塵も想像できないからこその発言だと、美心は感じた。

鼻歌を口ずさみながらスマホのカメラをセッティングしている羽凜の横で、更紗が蹲《うずくま》る。

「もう、最悪やわ……。なんでいきなり、こんな意味不明な事態になってんのよ」

きっと感情を吐き出したいのは、更紗だけではない。だがこんな時でも、教室で自由に発言する権利は一軍女子にしかない。

三軍女子たちはきっと今この様子を、冷めた目で見ているはずだ。自分と同じように。

「私、死にたくない……」

更紗の感情的な声が響く。

――前兆も、号令も、準備運動もなく、第一回が始まったのは、その直後だった。

「二人一組になれば、死なない」

冷静にそう言い放ち、螺良が更紗の手を繋いだのだ。

それが、すべての引き金になった。

悲鳴と共に、クラスメイトたちが一斉に席から立ち上がった。

更紗のように、これがデスゲームではない理由を並べながらも、みんな本当は不安だったのだ。先生が去った瞬間から、一刻もはやく二人一組になって安心したかったのだ。

クラスメイトたちは机の間を駆け抜け、それぞれの友だちの元へと生き急ぐ。教室には地鳴りのような音がしていた。

美心は動きだせないままだった。運動会の日のことを思い出していた。どの競技にも参加せず、クラスメイトたちを遠くから眺めていたときのことを。目の前の光景が、ピストルが鳴らされた後に似ていたからかもしれない。

クラスメイトたちは次々に手を繋いでいく。

一軍女子は、一軍女子と。

二軍女子は、所属するグループ内で。

三軍女子は、三軍女子と。

気が付けばあっという間に、ほとんどの生徒が二人一組になっていた。

自分以外でまだ二人一組になっていないのは、生徒会メンバーである四人、花恋・留津・日千夏・野土夏と、二軍中層に位置する女子二人組、漆原《うるしはら》亜里亜と一瀬乃愛だけだった。

未だ一歩も足を踏み出せないまま、美心はようやく恐怖心を抱き始めていた。

やはりどう考えても——余るのは自分だった。

まず生徒会メンバーは四人。いつも通り、その中で手を繋ぐだろう。花恋だって、こんな状況下では、自分に慈悲をかけてくれるとは思わない。もしも自分と手を繋ぐことで留津が余ったら、秋山と組むどころではない。親友が死ぬかもしれないのだから。

「乃愛、組もう」

窓際の最後列に座る乃愛に、廊下側の席から辿り着いた亞里亞が、息を切らしながら手を伸ばす。話したことはないが、三年間同じ教室にいたのだから、あの二人が親友だということくらい美心も知っている。

そう。こうなるのは仕方がなかった。最初からわかり切っていた。

だってこれまでもずっと、自分が余ってきたのだから。

美心は小さく深呼吸をしてから、立ち上がった。

窓際に向かう。もちろんふたりが手を繋ぐ瞬間を見届けるためではない。

花壇を見ようと思ったのだ。この三年間、愛を込めて育て上げた素晴らしい花壇を。

――大丈夫、こわくはない。

この大雨にも負けず咲き誇る花々を見つめながら、美心は自分に言い聞かせる。

もし本当に死んでしまったとしても、私は花になるだけだ。それはきっと、花恋が気に入ってくれたスノードロップのような美しい花に。

美心は軽く目を瞑《つぶ》り、そして瞼《まぶた》の裏で大人になり、小さな花屋を開いた自分を想像した。

その花屋に、花恋が花を買いに来る。私は花束を作る。花恋にぴったりな花束を……。

手に温もりが触れたのは、その想像の中で、美心が作った花束を、花恋が喜んで受け取ってくれたときだった。

それは間違いなく、誰かが自分の手を繋いでいる感触だった。

美心の心臓は、これまで感じたこともないほど波打った。

――花恋ちゃん。

心の中でその名を呼びながら、美心は振り返った。

「……なんで」

だが、自分と手を繋いでいたのは――花恋ではなかった。

そしてその台詞を放ったのも、自分ではない――。

「乃愛、なんで」

亜里亜だ。

いったい何が起こったというのか。美心の手は、乃愛に繋がれていた。なぜ目の前にいる親友を差し置いて、こんな底辺の自分の手を取ったのか、美心にも全くわからなかった。

「ねえ乃愛、あたしたち……親友やんね？」

亜里亜の声は震えている。

「うん」

乃愛はいつも通りの、はんなりしたやわらかい微笑みを堪え、答えた。

「じゃあなんで、水島さんと二人一組になってるん……？　あたし、余ったら、死ぬかもしれないんよ……？」

「うん」

どんどんと青ざめていく亜里亜に向かい、微笑みを絶やさぬまま、乃愛が頷く。

話し合う二人の狭間で、美心は息を呑んだ。視界の端で、生徒会メンバーたちがひっそりと手を繋ぎ合ったのが見えたからだ。

「それって、あたしが死んでも、いいってこと……？」

「うん」

そして再び頷いた乃愛が、満面の笑みを浮かべた瞬間だった。

亞里亞の制服の胸元につけられた黄色の薔薇のコサージュが、心電図のような音を発すると共に、散り始めた。

「え……何」

電子音は何かのカウントダウンのように鳴り響き、それに合わせて花弁が一枚ずつ散っていく。

・誰とも組むことができなかった者は、失格になります

さっき窓際で目を瞑ったとき、美心は本当に死を感じていたわけではなかった。心のどこかで『失格』になったとしても、死ぬはずがないと信じていた。きっと大半の生徒がそうだった。もしかしたら自分ではない誰かが死ぬことになるかもしれないと、映画を観ているように、他人事のように、そう思っていただけだった。

けれど美心は今、それが『失格』の——死のカウントダウンなのだと、はっきり感じることができた。

「……ねえ乃愛、どうしよう。あたし、死んだりしないよね……？　こんなことで死ぬなんて、あり得へんよね……？」

亞里亞が混乱を吐き出しながら、こちらに歩み寄ってくる。

「乃愛、とりあえずさ……はやく、水島さんと手を放して？　あたしと、繋いで！」

そして力強く、乃愛に手を差し出した。

けれど乃愛が、美心と手を離すことはなかった。

差し出された手を握ることとも。

返事をする間もなく――その左手は、二人の後方に吹き飛んだから。

舞い散るコサージュの花弁が美心に、砕け散った亞里亞の左上半身が乃愛の頭上に降り注ぐ。

右上半身と首から上は残ったまま――。

「きゃあああああああああああああああああああああ」

無修正のグロテスクな光景を前に、クラスメイトたちの絶叫が幾重にも重なる。

近距離でコサージュから放たれた爆発音が、美心の鼓膜を震わせていた。

「……親友、やったね」

地獄に落とされたかのような悲鳴の中で、乃愛が呟く。

その声を受け取れたのはおそらく美心だけだった。

黄色の薔薇の花言葉を、美心は知っている。

――友情。そして、嫉妬。

・相手と手を繋いだ瞬間【二人一組】と判定します

一回目

星川 更紗 ― 曜日 螺良
大神 リサ ― 根古屋 羽凜
宵谷 弥生 ― 真杉 希子
瀬名 桜雪 ― 鮫島 マーガレット歌
小岩井 幸 ― 中野 勝音
二階堂 優 ― 巴 玲香
井上 翠 ― 森田 碧唯
冬野 萠 ― 六条 いのり
黒木 刹那 ― 氷室 永月
萩原 海 ― 白雪 陽芽
金森 留津 ― 佐伯 野土夏
朝倉 花恋 ― 佐伯 日千夏
一瀬 乃愛 ― 水島 美心

【失格】 漆原 亞里亞

残り二十六人
残り五十二分

二

親友

出席番号2番　一瀬乃愛《いちのせのあ》

「……なんで」

死の間際に呟かれた漆原亞里亞の声が、鼓膜で蘇る。

乃愛は生まれたばかりの亡霊を振り払うように、髪についた亞里亞の肉片を淡々と掃《はら》った。

「……なんで」

今度、クラスメイトたちの悲鳴の中に、微かに聞きとれたのは、亞里亞の声ではなかった。

消え入りそうな、水島美心の声だった。

高揚のあまり、まだ繋いだままだった美心の手を、乃愛はようやく離した。

なんで、というのは、自分と手を繋いだのはなぜかという意味だろう。あるいは亞里亞と親友だったのに、どうして裏切ったのかと問いたいのかもしれない。

息を整えたあとで、乃愛は美心に向かい、はっきりと答えた。

「消えてほしいって、思っていたから」

美心は唖然とした顔でこちらを見つめている。無理もない。だって自分と亞里亞の関係性は、誰がどう見ても親友だったのだから。そう――親友としか言いようがなかった。だけど今、親友の死に対して、哀しみは微塵も湧いてこない。でもそれは乃愛にとって自然な感情だった。

「嫌いやったんよ、ずっと」

出会って間もない頃からずっと。

気がつけば十年近く、その気持ちを秘めたまま、亞里亞の隣で偽物の笑顔を浮かべて生きてきたのだ。

後悔して止まない。小学三年生になって間もないあの春の日、あの昼休み、あのとき自分が声を掛けなければ、彼女と「親友」になることはなかっただろう。

あの頃も教室には、幼いながらに幾つかのグループが存在していた。

とはいっても、はっきりと、一軍・二軍・三軍で振り分けられるようなカースト的なものではなく、もっと感覚的なもので、乃愛もなんとなく気が合うグループに所属していた。単純に育ちが似ていそうとか、家が近所だとか、そういう類《たぐい》のものだった。だから当時一緒にいた子たちの顔はぼんやりとしか思い出せないし、SNSですらも繋がっていない。今どうしているのか興味もない。そういう希薄な、友情とも呼べないものだった。

そしてあのとき、亞里亞がどのグループにも所属できずに取り残されていたのは、いじめでもなんでもない、転校生だったからだ。

一週間ものあいだ一人で昼休みを過ごしている姿を見て、可哀想だという思いが沸き上がった。

「なあ、亞里亞ちゃんも一緒に遊ばん？」

だから乃愛がそう誘ったのは、彼女と仲良くしたいわけではなく、少女が持つ、ただの優しさに過ぎなかった。

「……いいの？」

あの瞬間の、花がひらいたような亞里亞のうれしそうな顔を、今でも思い出せる。小学生の時の記憶なんて断片的にしかないのに、その後に交わした会話まで、乃愛は克明に覚えている。

「うん、もちろん」

「ありがとう。あたしの名前、覚えててくれてるんやね……うれしい」

「だって亞里亞って名前、珍しいから。先生が出席とるたび、なんか外国の女の子の名前みたいやなあって思って」

「やっぱり……この名前、変かな」

「なんで？　変じゃないよ。素敵。だから、覚えたんやから」

「……乃愛ちゃんって、優しいね」

「え、そんなことないって。普通やよ」

当時、まだ十年も生きていなかったが、乃愛は自分が優しい人間だとか、そういうことを感じたことはなかった。ただ孤立していた彼女を放っておけなかっただけだ。

その日から亞里亞は、ごく自然に乃愛のグループに入った。子供の順応能力は恐ろしいほどに高い。あっという間に、元から亞里亞がいたかのように、一緒に遊ぶのが普通になった。亞里亞は当時、奈良の田舎のほうから転校してきたこともあり、他の生徒に比べて、垢ぬけておらず、体型も少しぽっちゃりしていた。その純朴そうな見た目も相まって、彼女に対して嫌悪感はなかった。そもそも嫌悪感という言葉すら知らなかった。

だが乃愛は何度でも思う。あの手を摑むべきではなかった。もっとはやく、自分の人生の外に突き離せばよかったのだと。

「乃愛ちゃん、おはよう。今日、めっちゃ寒いね」

その朝、いつものように学校へ行こうと家の外に出ると、母が庭で育てている梅の木の前に亞里亞が立っていた。というより待ち伏せていた。グループの子たちみんなで一緒に下校をしたこともあるのだから、彼女と家が近所であるということは知っていた。

「あ……うん、おはよう」

乃愛は戸惑った。偶然一緒になるならまだしも、こうして勝手に待たれるなんて、予期していなかった。けれど亞里亞はまるで、これまでもそうしてきたかのような――一緒に登校することが当たり前かのような顔をしていた。

「ねえ乃愛ちゃん、はやく学校行こう」

「……う、うん」

笑顔で差し出された手を、おずおずと乃愛は摑んだ。約束したわけではないが、折角迎えにきてくれたのだから、無下《むげ》にはできないと感じてしまった。

「あら、お友だちが迎えにきてくれたの？　乃愛、よかったね」

けれど見送りに出てきた母にそう祝われたとき、乃愛は違和感を覚えた。よかったとは思えなかった。これまで亞里亞と二人きりで話したことは数えるほどしかなかったし、グループ内でも、他の子とのほうが仲も良かった。

「漆原亞里亞です」

母に向かって自己紹介をしてから、亞里亞が少女らしくぺこりと頭を下げる。

「まあ、素敵なお名前」

母は言った。

そう、乃愛だって、その名前を本当に素敵だと思っていたのだ。

でもこの日を境に――ほとんど恐怖に近い響きになっていった。翌日からも毎朝、雨の日も風の日も、約束もしていないのに、亞里亞が迎えにくるようになったのだから。

「乃愛ちゃん、あたし昨日な、すごい変な夢見てん」

「へえ、どんな夢？」

「あのな、隣のクラスの松坂《まつざか》君に、告白される夢。松坂君ってさ、めっちゃイケメンやし、女子の中でいちばん人気あるやん。だからあたし、びっくりして目が覚めて」

亞里亞はグループにいるとき、あまり発言できないタイプだったが、二人きりになると途端にお喋りになった。それも極端に恋愛に関しての話が多かった。というより、それしかなかった。彼女は常に、自分たちのような中途半端な女子など相手にしないだろう、超人気者の男子に恋をしていた。

学校に辿り着くまで、乃愛は亞里亞の、口に入れた瞬間すぐに溶けてしまう綿あめのような進展のない恋話を聞き続けた。彼女が自分に対して何か質問してくることは、一度もなかった。ただ自分の感情を話し続けていた。苦痛でしかなかった。繰り返すが乃愛は、彼女と登下校を共にすることを約束したわけでもなかった。

だがおそらく悪意のない無垢な誘いを断ることは、乃愛にとって酷く難しかった。

「あたし、乃愛と親友になれてすごくうれしい」

気が付けば、名前は呼び捨てになり、自分たちの関係は親友になっていた。

――親友じゃない。

心の中で叫んだとしても、口には出せなかった。そんな惨《むご》いことを言い返す能力は、乃愛には備わっていなかった。

そして、親友と化した亞里亞は、堂々と家に遊びに来るようになった。

乃愛の母は、必要以上に亞里亞を気にかけた。おそらく、彼女が可哀想だったから。母も、可哀想な誰かを放っておけないタイプだった。

亞里亞の家庭環境が複雑だということは、乃愛も気づいていた。

それは貧乏だとか、虐待されているとか、そういうことではない。すべては亞里亞の両親がお互いに冷めきっている上に、婚姻関係を続けていることに原因があった。乃愛が亞里亞が住むマンションに遊びに行ったときも、彼女の両親はそれぞれが不倫（という言葉が相応しいのかもわからないが）をしていることを、隠そうともしていなかった。それに加え、二人とも子供に愛情をかけるタイプではなかったのだろう。亞里亞は一度も家族で遊びにでかけたことがなかった。

そのエピソードを聞いた母は、「辛かったわね」と、涙ぐみながらその手を握り、一瀬家の恒例行事だった年に一度の夏キャンプに、亞里亞を誘った。

もちろん亞里亞は喜んで参加した。人生初の焚火《たきび》を囲みながら、自分よりもはしゃいでいた。そして毎年、当然のような顔をしてキャンプに参加するようになった。乃愛は家族だけで過ごしたかった。けれど「亞里亞ちゃんも誘ってあげてね」と母が言うから、仕方なかった。

母は乃愛を帝王切開で産んだあと、妊娠しづらい体になっていた。時折、叶うならば姉妹を育てたかったと、二人目ができない無念さをこぼしていた。だから可哀想な亞里亞を使って、その夢を叶えているのかもしれないと思うと、亞里亞だけを悪者にはできなかった。

「あたしたち、本当の姉妹みたいやね」

父が、友だちと二人のほうがいいだろうと用意してくれた二人用のテントの天井をぼうっと眺めていると、亞里亞が嬉々として言葉をこぼした。

——邪魔だな。

あの夜、乃愛は心底そう思った。両親と同じテントで寝たかった。なぜ、友だちとも思っていない亞里亞の隣で眠らなければならないのか、わからなかった。

「ね」

しかし乃愛は、亞里亞の言葉に同調し続けた。

彼女を傷つけることで、傷つくことがこわかった。

だからぜんぶ、振り払う勇気がなかった自分のせいだとわかっている。彼女との親友関係が、高校生になっても続いてしまったのも。

「ねえ、乃愛、一緒に組もう」

——二人一組になってください。

体育の時間、そう号令がかかると、亞里亞はいつも必死の形相で、自分に駆け寄ってきた。

彼女は孤立することに対して、とても恐怖心があるように見えた。

それは愛情を受けずに育ったが故なのかもしれないし、潜在的に乃愛の気持ちに気がついていたのかもしれない。

「うん」

そして乃愛がその手を摑み続けたのは、もうその手しかなかったからで、美心のように余りたくなかったからだ。

「ねえ乃愛、ずっと親友でいようね」

約十年間、乃愛はその言葉に頷き続けた。近頃はもう、考えるのも放棄していた。

自分たちが親友であるということは、周囲から見ても疑いようがなかった。それにこの関係は、永遠ではない。高校を卒業すれば終わるのだから、あと少しの辛抱だった。

乃愛は看護学校に進学することを決めていた。そしてミーハーな亞里亞は、大学に行くものだと信じて疑わなかった。彼女はいつも再放送されていたドラマ『オレンジデイズ』みたいなキャンパスライフを送りたいと語っていたし、彼氏を作りたいと願っていたから。

「ねえ乃愛、あたしやっぱり、乃愛と一緒の看護学校に行くことに決めた！　この間、再放送されてた『ナースのお仕事』ってドラマ見て、ナースってめっちゃ楽しそうやなあって。それに、モテそうやし、ドクターも格好いいし」

しかし蓋を開けてみればこれだった。

命を預かる職業に対して、その不純な動機も許せなかったし、もう、邪魔という言葉では足りなかった。心の底から消えてほしかった。目の前から、自分の人生から、消えてほしかった。

――ずっと親友でいようね。

もはやそれは、乃愛にとって呪いの言葉だった。

でも今、彼女は死んだ。親友という呪縛から解放されたのだ。

首から下の左上半身だけが欠けた亞里亞の亡骸の隣で、乃愛はやっと自分を取り戻せた気がした。

「親友って、バカみたいやんね」

美心に向けて、乃愛は微笑んだ。

悲鳴の止んだ教室には、恐怖ですすり泣く声が響いている。クラスメイトが絶命し、『失格』が『死』を示すことが証明されたのだから、当然の反応だ。おそらくこの教室で、こんなにも落ち着き払っているのは自分だけだった。

そしてクラスメイトたちは、もはや思考停止状態で、グループ内でまだ組んでいない友だちを交換するように二人一組になりはじめる。

「ま、待ってください」

その流れを阻止したのは、金森留津だった。いかにも真面目そうな外見だけで評価すれば彼女は二軍の下層に振り分けられるのだろうが、学年一の秀才で、生徒会長を務めていたことから一目置かれる存在であり、乃愛と同じ二軍の中層に位置している。

「今回は……偶数です。規則を読む限り、『待機』する人を決めなければ、二回目ははじめられないと思います」

恐怖に顔を強張らせながらも、彼女は冷静にそう指摘した。

乃愛は黒板を見た。

・残り人数が偶数になった場合、一人が待機となります
（待機する者は、投票で決定します）

確かにその規則がある。

「……てかさ、もう、こんなゲームやめようよ……。『失格』になったら死ぬってわかったのに、続けるなんて、どうかしてる……！」

映画の主人公のように、演技めいて一軍の星川更紗が叫ぶ。

「そうだよ、やめよう。私、死にたくない」

「うん、やめよう」

教室の至る場所から、次々と賛同の声が上がった。声は上げないものの、乃愛もその意見には賛成だった。

しかし、それも束の間。

「でも……時間内に終わらせないと、全員が死ぬことになるかもしれません……」

深刻な留津の声に、教室はいっきに静けさを取り戻した。

沈黙を、激しい雨の音だけが潤す。

「じゃあさー、やるかやらないかは後にして、とりあえず今から、待機する人の、多数決とろうよ、ね！」

ややあってから、このお通夜よりも酷い空気を断ち切るように、根古屋羽凜が依然として楽し

げな口調でそう提案した。その視線は、教室の後方に貼られた書道『希望』の下に、いつの間にかセットされたスマホのカメラに向いている。人気YouTuberである彼女の脳内では、きっとこの状況が再生数に変換されているのだろうことは想像に容易《たやす》い。

「えっと、じゃあ、生き残るべきだと思う存在に、投票してくださーい！」

――生き残るべき存在。

羽凜が放ったその言葉を呑み込みながら、乃愛はふと、朝倉花恋のほうを見た。

花恋は捨てられた子猫のような眼差しで、じっと窓の外の雨を眺めている。

彼女が転校してきたとき、その圧倒的な美しさを前に、乃愛は想像せずにはいられなかった。

もしも亞里亞が花恋のような可憐な転校生だったら――自分は喜んで親友になっただろうと。

花恋は、容姿もさることながら、心まで美しかったのだから、余計。

そう。あろうことか彼女は、クラスの亡霊と化していた美心と、自ら二人一組になったのだ。

毎回ではなかったが、花恋が美心の手を取るたびに、誰もが当然のように無視していたその存在をくっきりと浮かび上がらせた。

乃愛は心が痛かった。美心のように余りたくないと思う反面、自分も花恋のように美心を救いたいという気持ちがあったからだ。元々乃愛は、そういう優しさの持ち主だった。けれど最後まで実行に移すことはできなかった。亞里亞と組まなければならなかったのが第一にあるが、優しくすることで、また付き纏われるようになったらと思うと恐ろしかったのだ。

「待ってください！　そして皆さん、もう一度、黒板の規則を見てください！　『特定の生徒』の項目を……」

羽凜の勝手な呼びかけに、慌てて留津が叫んだ。

・特定の生徒が余った場合は、特定の生徒以外全員が失格になります

乃愛は息を呑んだ。いくら自分は冷静だと感じていても、実際は、どうしようもない混沌の中に陥っているのだろう。そしてそれは、全員がそうなのだろう。だからこうして、留津のように黒板のルールを注意深く確認することも、その一文を深く考察することもできないでいるのだ。

「ふーん……で、この『特定の生徒』って誰なわけ」

黒板を注視しながら、大神リサが不機嫌な声を漏らす。

「冷静に考えて——いつも、余っていた生徒を指す……と思います」

こわごわと留津が答える。

乃愛は隣にいる美心を見遣った。というより、全員が彼女を見た。

留津の言う通り、この【特別授業《ゲーム》】が『いじめをなくそうキャンペーン』の一環だとするのなら、『特定の生徒』を指すのは、美心以外あり得なかった。

つまり……さっき、美心の手を取らなければ、彼女以外の全員が失格になっていたということだ。それは自分も含めて——。

「もしかしてだけどさ、この下らないゲーム、あんたが望んだの？」

リサが美心に向かって高飛車な態度で言い放つ。

美心は怯えた様子で、首を横に振った。

一軍の生徒が、美心に話しかけるのを見たのは、この三年間で初めてだった。

「でもアンケートに、秋山と組むのが嫌だって書いたの、あんただよね？　つか、あんたしかいないよね」

五秒ほどの沈黙のあと、観念したように、美心がゆっくりと頷いた。恐怖からだろう、その痩せ切った身体は小さく震えている。自分だって、こんなふうにリサに詰め寄られたら、同じ反応になるだろう。

「じゃあ、やっぱり犯人はあんたじゃん。あんたがこのクラスに『いじめ』があるって書いたんでしょ。そのせいで、こんなことになってんじゃないの」

それはもっともな言い分だったが、あまりにも酷な責め方だった。

「大神さん、落ち着いてください。仮に——そうだとしても、水島さんを責めても、この状況は変わりません。時間もないですし……根古屋さんが提案してくれたように、ゲームを続けるかどうかは置いておいて、『特定の生徒』の項目を念頭に、とりあえず多数決を取りませんか」

先ほどと同様に、冷静に状況を整理しながら、留津がリサを宥《たしな》める。

それでなくとも最悪な空気をさらに悪くするように、リサが舌打ちをする。

「勝手にしたら」

リサのストレスがこちらにまで伝染してくる。乃愛は切に、次はリサが死んでくれたらいいのにと思った。

「ねえリサリサー、そんなにキレてたら人気でないよー」

先ほどまで教室の後方に固定されていたはずのスマホを手にした羽凜が、茶化しながら、リサにレンズを向ける。

「人気って何。つか、その呼び方、ダサいからやめてってば」

「ふふふ、ごめんごめん。でも今、録画してるんだよ？　全世界に配信されてるって思いながら喋ったほうがいいと思うなー」

「あんたバカ？　配信する許可とか出してないから。つかさっき、人死んでるから。バリグロい死体、そこに転がってるから。ＢＡＮされるに決まってんでしょ」

「そんなの、そこだけ編集とかモザイクでどうにかすればいいだけの話だし」

「あのさ、炎上してもいいわけ？」

「だーかーら、何回も言ってんじゃん。あたしの人気は、炎上したくらいじゃ落ちないってばよ」

羽凜はそう言って笑うと、教卓に飛び乗り、今度は前方から教室全体を映すようにレンズを向けた。

「はーい！　じゃあ今から、多数決とりまーす！　水島美心さんに投票する人は、手を挙げてくださーい！」

まるで文化祭の出し物を決めるように、元気よく羽凜は言った。

ほぼ全員の手が上がる。乃愛も例外ではなく、挙手をした。もはや数えるまでもない。

「なるほどなるほど。じゃあ、今回待機する人は、水島さんに決定でーす！」

羽凜が意気揚々と発表する。

――それが二回目の、ピストルの音となった。

ゲームを続けるかどうかなんて、議論し合わなくても、きっと最初から決まっていたのだ。制限時間内に終了しなければ、誰も生き残ることができないのだから。

クラスメイトたちは再び、グループ内で、まだ組んでいない友だちを交換するように、二人一組になっていく。

乃愛は隣で待機している美心と、その光景を見守るしかなかった。

これは親友を裏切った罰なのか、それとも親友の振りをしていた罪だろうか。

この十年間、亞里亞に支配されていた乃愛は、どのグループにも所属していない。要するに、余る運命だった。

そして二回目がスタートしてから、三十秒も経たないうちに、乃愛の胸の花は、死期を知らせる心電図モニターが発するような音と共に散り始めた。それはさっき、目の前で見たばかりの光景だった。

一枚ずつ、花弁が散っていくのを眺めながら、乃愛は微笑んでいた。嬉しいはずはなかったが、他にどんな顔をすればいいのかわからなかった。

「ねえ乃愛、一緒に組もう」

耳のすぐそばで声がしたのは、最後の花弁が散った瞬間だった。

左上半身を失った亞里亞が、笑顔を浮かべながら、爆発により吹き飛んだ手とは逆の、きれいなままの右手を差し伸べている。これは幻覚か、それとも生まれたばかりの亡霊の仕業か。乃愛にはもうわからない。わかるのは、この手を取ったら、地獄に連れていかれるのだろうということだけだ。

「ねえ乃愛、ずっと親友だよ」

彼女のことが大嫌いだった。

なのに、その呪いの言葉に、涙がこぼれるのはなぜなのだろう。なんて——考えなくとも、その答えは知っている。

結局、自分には亞里亞しかいなかったのだ。

良くも悪くも、これほどまでに自分を求めてくれた人間は、亞里亞だけだった。

「うん」

だから乃愛はその右手を、また、摑んでしまったのだろうと思った。

二回目

【待機】　水島 美心

星川 更紗　―　根古屋 羽凜
大神 リサ　―　曜日 螺良
真杉 希子　―　鮫島 マーガレット 歌
瀬名 桜雪　―　宵谷 弥生
朝倉 花恋　―　佐伯 野土夏
金森 留津　―　佐伯 日千夏
小岩井 幸　―　二階堂 優
巴 玲香　―　中野 勝音
森田 碧唯　―　六条 いのり
冬野 萠　―　井上 翠
黒木 利那　―　白雪 陽芽
氷室 永月　―　萩原 海

【失格】　一瀬 乃愛

残り二十五人
残り四十六分

三

三人グループ

出席番号25番　森田碧唯《もりたあおい》

次は、私が死ぬかもしれない——。

大量の血を吐きながら、一回目のゲームで失格となった漆原亞里亞に覆いかぶさるように倒れた、一瀬乃愛の死体を前に、森田碧唯は恐怖に打ち震えていた。

「いのり、次、繋ごう」

「うん、絶対」

目の前では、碧唯と同じ軽音部に所属している井上翠《いのうえすい》と六条《ろくじょう》いのりが、そう誓い合っている。

碧唯は息を呑む。部活仲間ということもあり、翠といのりとは、入学して以来いつも一緒だった。一言でいえば、三人グループだった。

だけど今、いのりと翠は自分を仲間外れにしているわけではない。

碧唯は一回目、翠と組んだ。そして二回目は、いのりと組んだ。だからこの三回目が始まったら、まだ二人一組になっていない翠といのりが手を取りあうのは必然的な流れだった。

「……今回は奇数なので、待機する生徒を投票で決める必要はありません」

教卓の前では、第二回が終わったばかりだというのに、金森留津が非情にそう切り出す。

彼女がこのゲームを仕掛けた訳でも、望んでいる訳でもないことは碧唯もわかっている。元生徒会長である使命感から、ゲームの進行役を担ってくれているのだろうと。けれど、ゲームが再開されれば死ぬかもしれない身にとっては、留津が地獄の使者のように映った。

「それから……残り時間は、四十六分です」

そしてその使者の呼びかけが、第三回目開始の合図になることは明らかだった。

傷んだ教室の床にクラスメイトたちの足音が鳴り響く。突然始まったこの【特別授業《ゲーム》】の意味を誰も理解などしていない。理解できるはずがなかった。ただ、死にたくないという思いだけが、彼女たちを動かしていた。

碧唯は周囲を見渡す。

今回も、一軍女子のグループと、自分たち以外の二軍女子のグループは、難なく二人一組になっている。

そう。四人グループならば、この三回目は、グループ内でまだ手を繋いでいない者同士で、二人一組になるだけでいいのだ。

——けれど、私たちは……。

絶望に押し潰されるように、碧唯はその場に座り込んだ。

「いのり」

「翠」

名前を呼び合い、二人が手を取りあう。その光景を見上げながら、碧唯は改めて思う。

三人グループというのは最低だと。

二〇一六年四月七日、碧唯たちはこの高校へ入学した。

その頃、楽器未経験で軽音部に入部する女子生徒には、おおよそ二種類のパターンが見られた。

いるか。

社会現象にもなったアニメ『けいおん！』に影響されたか、純粋に楽器に触れてみたいと思って

碧唯は完全に前者だった。担当する楽器を決める際にドラムを選んだのも、アニメ内でドラムを担当している田井中律《たいなかりつ》というキャラクターが好きだったからに他ならない。

アニメを視聴していたのは小学生の時であり、中学時代も軽音部に入りたかったのだが、碧唯の通っていた共学の軽音部は、楽器経験者の男子ばかりで、ド素人の女子が容易く入部できるような雰囲気ではなかった。

一方この高校は、全校生徒を集めても八十人ほどの小規模校であり、女子高だからなのか人の集まらない軽音部は、ほとんど廃部状態だった。だから、満を持しての入部だったのだ。

碧唯は憧れていた。放課後は部室でまったりとティータイムを楽しみながらも、時にはメンバーで本気で音楽に向き合い、自分たちで歌詞を書き、作曲したオリジナル曲を、喝采を浴びながら文化祭で演奏したりする——そんなアニメを丸写ししたような高校生活に。

しかし残念ながら、入部して一ヵ月も経たないうちに、悟ったことが二つあった。

一つは、アニメはアニメでしかないということ。そしてもう一つは、田井中律をはじめとする軽音楽部の彼女たちは、自分たちのような二軍下層のオタクの集まりではない——個性的な魅力を持つ美少女たちが揃った一軍女子の集団だということに。

「ねえ翠、昨日ニコニコに投稿された、ピノキオPさんの新曲聴いた？」

「聴いた、神」

「やんな、もうリピしまくり」

翠といのりは、主にボーカロイド楽曲などを信仰していた。つまり、彼女たちが入部したきっかけも、純粋な楽器への興味ではない。碧唯と同じく、オタク心満載の、ボカロPや、【歌ってみた】や【演奏してみた】界隈への、憧れからだった。ちなみに担当楽器は、歌が最も上手だっ たいのりがギターボーカルになり、翠がベースを選んだ。

「あ、それ、私も聴いたよ。神だったよねー」

碧唯は二人の会話に割って入る。

正直に言って、昨日投稿されたばかりだというその新曲は聴いていなかった。ニコニコ動画よりはYouTube派だし、全体的にボカロ楽曲はあまり趣味じゃない。だから碧唯は二人の話についていけないことが多々あった。でも自分だけが会話に参加できないのが嫌で、知ったかぶりをするのがいつしか癖にもなっていた。

もちろん仲を深めようと再生数の多い曲は聴くようにしていたし、文化祭で披露するための課題曲も──『ふわふわ時間《タイム》』などの『けいおん!』で人気の曲も入れたが──大抵は二人が好きだという曲を採用した。そのうちの一つである『命に嫌われている。』は二人が最高に好きな曲で、バンドで演奏するのは難しそうだったし、実際難しかったけれど、絶対にやりたいというので懸命に練習した。というより「私も一番好き」と言ってしまったから、後には引けなかった。

「ピノキオPさんの新曲、碧唯も聴いたんやあ、めっちゃいいよなあ」

「うんうん。この曲もやりたいよねえ」

知ったかぶりをしたときは決まって、どのフレーズが好き？　などと突っ込んだことを訊かれないことだけを碧唯は祈っていたが、思えば今日まで一度も訊ねられたことはなかった。もしかしなくとも、上辺だけで曲を語っていたことは、見透かされていたのだろう。

今にも気絶しそうに床に座り込む碧唯の目の前で、次々と二人一組が出来上がっていく。その光景は、残酷というよりシュールで、既に二人の生徒の死体が転がっているのに、デスゲームが行われている実感が湧いてこない。

ただ、得体の知れない恐ろしさだけが、碧唯の心を支配していた。現実から逃れるように意識が遠のいていく最中、碧唯は突如、はっとして、立ち上がった。

ある生徒が視界に映り、生きる道が残されていたことを――思い出したのだ。

酷い眩暈を覚えながら、ふらついた足取りで、窓際の方へと歩を進める。

「……ねえ、冬野《ふゆの》さん、私と二人一組になってくれない」

そして碧唯は、一人、教室の隅で佇んでいる冬野萌《もえ》に、そう言い寄った。

彼女は、第一回はいのりと、第二回は翠と二人一組になっていた。ならば今回、自分とも組んでくれるに違いなかった。混乱のあまり、萌の存在をすっかり忘れていたが、今回に限っては不安になる必要などなかったのだ。

「嫌や」

しかし萌は、きっぱりとそう答えた。

「え……でも。さっき翠といのりとは、二人一組になってたやんね」

「うん」

「じゃあ、なんで……？」

碧唯は戸惑った。断られるなどとは思ってもみなかった。なぜなら萠は、このクラスで水島美心の次にカーストが低い三軍の生徒なのだ。友だちが多い訳でもない。その証拠に、今も誰とも手を繋いでいない。

だが、なぜだろう。彼女から、焦りのようなものは一切感じられない。

「森田さん。今さ、誘ってあげてるのにって、思ってるやろ」

それどころか、余裕しゃくしゃくといわんばかりの態度だ。

「……そんなこと、ないけど」

答えながら、碧唯は思わず後ずさりをした。自分を見る萠は、刺すような目つきをしている。

「ふふ、やっぱり図星か。まあ森田さんっていつも、自分のことしか考えてないもんな」

よれた制服の袖で口元を押さえながら、くっくっくっと萠は独特の笑い声を漏らす。

いったい何なのだろう。突然、それほど親しくしていた訳でもないクラスメイトに、どうしてこんなふうに、人格否定されなければならないのか。いい加減、碧唯は苛立った。

「あのさ……私たち、あんまり話したことないよね。なんでそんなこと言い切れんの」

碧唯は語気を強めて言った。それこそ、知ったかぶりはやめてほしいと感じた。

「だって森田さん、うちと体育で二人一組になったことないやろ」

確かに碧唯はこれまで、萠と二人一組になったことはない。けれどそれは親しい友だちではなかったからで、それ以外に理由はない。

「それが……何なん」

「まだわからんの？」

萌は呆れ返ったように言い、首を傾げた。

「――二人一組になってください。その号令がかかったとき、三人グループの森田さんたちは、いつも誰か余るよな。そして決まって、余った人が、申し訳なさそうにうちのところに来る。でも森田さんは一度も来たことがない。それって、いつも自分が余らないように、六条さんか井上さんと、組んでるってことやろ。森田さんさ……あの二人が親友なの、気づいてるよね？　なのに、この三年間、一度だって、二人を組ませてあげなかったことに、罪悪感ないの？」

碧唯の目からは、つうと涙が流れた。抉《えぐ》られるように胸が痛い。

――気づかないようにしていた。

翠といのりが、二人だけで話しているときのほうが楽しそうだということに。

自分こそが、このグループに要らない存在だということにも。

認めたくなかったのだ。

碧唯は、少なくとも三人グループのなかでは自分が最もビジュアルが良く、センスもいいと感じていた。『けいおん！』という特定のアニメに憧れていただけで、元々オタクでもなく、女子高ゆえにこの三年間は出会いがなかったが、中学時代には、一カ月だけだが同級生の彼氏――お世辞にも格好よくはなかった――がいたこともある。洋服も好きだし、恋愛映画だって好きだし、東方神起も好きだ。つまり碧唯は限りなく普通の女子高生だった。

入学当初からあからさまなオタク臭を漂わせていた、翠といのりだけならきっと、軽音部はオタクの巣窟《そうくつ》と言われていたはずだったし、文化祭にただアニソンやボカロ曲を演奏しても痛いだけだっただろう。そうならないために碧唯は、二人にヘアサロンを教え、買い物に誘い、ファッションやメイクのアドバイスもしてきた。自分がいなければ、翠といのりは、卒業の日を迎えた今日もきっとダサいオタクのまま――三軍のままだった。

二人には、自分が友だちになってあげたことを感謝してほしかったし、二人一組になるとき、どちらかが余ることも仕方のないことだと感じていた。

はっきり言ってしまえば、見下していたのだ。自分だって、二軍中層の下位に位置している癖に。

でも碧唯は、いのりと翠とつるんでいるからその位置になってしまっただけで、自分には特別な存在になれる素質があると信じてもいた。たとえば軽音部のメンバーがもっと華やかだったら、自分も自動的に一軍に昇格し、田井中律のようになれたのではないかと。

けれど一年前の秋、転校生の朝倉花恋を目にしたとき、その妄想は打ち砕かれた。

クラスの一軍女子四人からは感じたことのなかった――それこそアニメから飛び出してきたような、ただそこにいるだけで、物語が生まれるような存在感が彼女にはあった。それは、誰かに訊ねるまでもなく、自分には微塵もないもので、やはり、主人公になれるのは、こういう特別な存在として生まれた者だけなのだと、碧唯は悟った。

「じゃあ私は、水島さんと組むから。頑張って」

温度のない声で、萌が吐き捨てる。

こんな事態になっても、三軍の最下層にいる美心と組むという発想が、碧唯にはなかった。想像もできなかった。碧唯にとって美心は、特定の生徒などという特別な存在ではない――亡霊でしかなかった。

死を知らせる無慈悲な機械音と共に、胸から黄色い花弁が、はらはらと散りだす。

「ふふ」

腐った心から、乾いた笑いが漏れる。

結局はすべて、エゴだった。翠といのりの外見をオタクから脱皮させたのも、彼女たちのためじゃない。理想の軽音部を作り上げるためだった。

そして、エゴを貫いてきたせいで、今から自分は『失格』になる。初めにいのりと翠が組めば、こうして余ることはなかった。

碧唯は無言で、この三年間ではじめて二人一組になった翠といのりの元へと、歩み寄った。

「碧唯、ごめんね」

「ごめん、碧唯……」

二人は力なく言い、かたく手を繋ぎあいながら、碧唯を見下ろす。百五十センチと小柄な碧唯に比べ、二人は身長が百六十センチあり、スタイルだけは彼女たちのほうがよかった。

「どうせ……翠もいのりも、すぐに死ぬから！」

碧唯は二人を順番に指差し、叫んだ。

ずっと三人で行動してきたのに、二人が自分の死を心から哀しんでいないことが手に取るようにわかり、悔しかった。

——でも……二人が先に死ぬことになっていたら、私は心から哀しめたのだろうか。

「……最低」

想像して、碧唯は呟いた。
哀しむことすらできなかったからだ。
だって、好きではなかった。
彼女たちも。彼女たちが好きな音楽も。
碧唯はただ、アニメの一軍女子みたいな青春に憧れていただけだ。

三回目

星川 更紗 ― 大神 リサ
根古屋 羽凜 ― 曜日 螺良
宵谷 弥生 ― 朝倉 花恋
真杉 希子 ― 金森 留津
瀬名 桜雪 ― 佐伯 日千夏
佐伯 野土夏 ― 鮫島 マーガレット 歌
小岩井 幸 ― 巴 玲香
中野 勝音 ― 二階堂 優
黒木 利那 ― 萩原 海
氷室 永月 ― 白雪 陽芽
六条 いのり ― 井上 翠
冬野 萠 ― 水島 美心

【失格】 森田 碧唯

残り二十四人
残り四十二分

四

三軍女子

出席番号13番　白雪陽芽《しらゆきひめ》

陽芽は呼吸を整える。

訳がわからないままに、第三回目も終わった。二回目からは、教室の中を走り回ったりしているわけじゃないのに、じっとしているだけでも、息が上がった。

特別授業という名のゲームが始まってから、ずいぶん時間が経ったような感覚になっていたが、時計を確認すると、まだ十八分しか経過していない。だが、たった十八分の間にもう、クラスメイト三人が『失格』になった。

三人の死に様は、それぞれ目を背けたくなる惨《むご》さだったが、現時点では規則性が見られない。

先ほど失格となった森田碧唯の心臓部には、血に染まったコサージュがめり込んでいる。

二回目に失格になった一瀬乃愛は、おそらく毒物を注入されたのだろう。大量の血を吐きながら絶命した。最初に失格になった漆原亞里亞は、爆発により首から下の左上半身が砕け散った。

仕組みは理解できないが、それぞれのコサージュに異なった仕掛けがされていたことは間違いない。

すなわち失格を避けるためには――この『卒業おめでとう』などと安っぽい短冊のついた偽物の薔薇を、外せばいいのだ。

陽芽は自らの左胸に咲く花弁を、そっと掌で包み込む。

・自他に関わらず、コサージュを外した者は、即失格となります

しかしはっとして、その規則を思い出した。

ゲームが本格的に始まる前、この規則と同じ［例外として］の項目にある、もう一つの規則を無視し、教室から出た秋山は失格になった。確かあれは鈴田先生が、自分の服から秋山のスーツの胸ポケットにコサージュを移し替えたあとだった——。

花弁から掌を離し、陽芽はふるふると首を横に振った。

このコサージュを外すと同時に、何らかの方法で死が訪れる。前例から考えれば、それはもはや疑いようがなかった。

だが陽芽は、クラスメイト三人の死を目のあたりにしても、死ぬかもしれないという事実に現実味が湧かないでいた。

それは奇跡的に、自分を含めた三軍女子全員が生き残っているからなのだろう。

陽芽は先ほど二人一組になった、氷室永月《ひむろなつき》と顔を合わせた。

陽芽はこの三回、三軍女子としか手を繋いでいない。要するに永月も、三軍女子に属している。一言で表すのなら、永月はとても暗い生徒だ。彼女の背景にはいつも『ちびまる子ちゃん』で描かれるような、黒いタテ線が見える。

何年か前に両親を事故で亡くしてから、児童養護施設で暮らしていると、自己紹介のときに話していた。詳しくは知らないが、それが暗さの原因なのかもしれないと、陽芽は感じている。

そして永月の他に、同じ施設から学校に通っている生徒は、このクラスにもう一人いる。

黒木利那《くろきせつな》。陽芽と彼女は前々回、二人一組になった。

利那は、誰が見ても三軍女子とは思えぬような愛らしいビジュアルをしている。なのに三軍なのは、その奇妙な言動に原因があった。

「永月、怖がらなくても大丈夫だよ。利那たちは、選ばれし者なんだから」

いわゆる厨二病《ちゅうにびょう》なのだ。日光を浴びたことがないような、その白すぎる手首にはいつも包帯が巻かれ、時には眼帯をつけてくることもあった。

もちろん本人がいない時に、陰口は散々叩かれていた。正直な所、陽芽も話題にしたことがある。しかしクラスの誰も堂々と彼女を非難することはなかった。痛々しすぎて、触れられないというのも理由の一つだったが、もう一つに、入学したばかりの頃——顔に、誰かに殴られたとしか考えられない、大きな痣《あざ》を作ってきたことから、虐待されているのではないか、という噂があったのだ。そのせいで現実逃避せずにはいられず、妙なキャラになり、施設に預けられたのではないかと。

しかしそれもただの噂であり、陽芽は彼女についても詳しくは知らない。施設で暮らす彼女たち——利那と永月は、いつも二人でいたし、二人の世界を作っていたから、入り込む隙間もなかった。

だから同じ三軍女子だからといって、団結しているわけでもなければ、全員と親しい訳でもない。三軍にも、二軍ほどではないにせよ階層の違いはあった。そして陽芽は自分はその上層にいると自覚していた。でも、二軍女子たちと違うのは、三軍女子たちは心のどこかで、自分たちは仲間だという意識を、全員が共通して持っているということだろう。

「陽芽、大丈夫？」

抑揚のない声に振り返ると、萩原海《はぎわらうみ》が自分を見上げていた。海とは身長差が二十センチほどあるために——百六十五センチの自分に対し、海が百四十五センチと低い——いつも、見上げられる形になる。彼女とは同じ演劇部に所属しているため、一回目、陽芽は自然な流れで海と二人一組になった。彼女も三軍の中では上層に位置している。

「うん、海は……？」

「なんとか」

海が答える。彼女は普段からポーカーフェイスだが、今ばかりは作られた冷静さであるのだと思いたかった。——そう。今もだが、海の考えていることが、陽芽にはうまく読み取れない。

演劇部では、この三年間、海の書いた脚本で役を演じてきた。文章を読めば、その人のことがわかるというようなことは、よく言われる。しかし、どれほど脚本を読み返しても、海という人間がどのような思考回路で生きているのか、陽芽にはわからなかった。彼女の脳の構造は、自分とはあまりにも違った。

というのも、海の書く脚本は、純文学的というのか、不条理劇というのか、ストーリーを重視しない哲学的な作品だった。エンタメ作品でありながら、哲学書だとも謳われている漫画『進撃の巨人』すらも完全に理解できていない陽芽にとって、海の綴る物語は難解すぎた。

「でも。次は、この中から死ぬやろうね」

淡々と海が言う。この中というのが、三軍を指すのだということは、訊かずともわかる。

これまでに陽芽は、海・利那・永月と、それぞれ二人一組になった。順番は違うが、それは三人も一緒だった。要するに、もうこの四人で、手を繋ぎ合うことはできない。

残すところ、三軍内で二人一組になっていないのは、今回も待機になるだろう水島美心を除くと、いつも単独行動をしている冬野萠だけだ。

つまり次、萠が誰かと手を繋ぐのか。

初回と二回目に、萠と二人一組になっていた二軍の二人――六条いのりと井上翠が、この中の誰を誘ってくれるのか。

それによって、生死が決まってくる。悔しいのは、このような状況にあっても、三軍の生徒は、その上の層の生徒を誘う権利もないことだ。あるいは、声をかける勇気がないだけかもしれないが。

陽芽は、込み上げてくる恐怖を、深呼吸で紛らわす。

突然、強制的に始まったこの異常事態に、納得しているわけではない。納得などできるはずがない。けれど陽芽は、今生き残っていることが不思議でもあった。本当ならば、真っ先に自分が死ぬと思っていた。なぜなら自分には親友がいない。少なくとも、この教室には――。


陽芽は思い出す。

というより、いつも考えていた。

親友だった彼女――赤西笑美《あかにしえみ》のことを。

「私、転校することになった」

二年生の文化祭が始まる一カ月前のことだった。お昼休み、いつものように屋上でお弁当を食べているときに、笑美が言った。雲一つない、よく晴れた日だった。

「なんで」

「女優になるために、東京の劇団に入ることにしてん。だから」

「なれへんよ」

間髪を容れずに、陽芽は言った。

笑美も演劇部に所属していて――成績優秀だったため、生徒会も兼任していた――確かに、陽芽より演技力があった。でもわざわざ東京に行って劇団に入るレベルで上手いとは思えなかった。

「なんで、そんなこと言うん」

「だって、女優って……きれいな人がなるもんやん」

なにより笑美はブスだった。自分も大概なブスだが、笑美はさらに上をいくブスだった。

「そんなことないよ。きれいさが仇《あだ》となるときだってあるし、ブスが得をすることもあるよ」

怒るわけでもなく、笑美は言った。思い返せば、彼女が怒った場面《シーン》を陽芽は見たことがない。しかしその性格をさておいても、今更容姿のことで喧嘩になったりはしない。ブス同盟を組んでいたくらい、自分たちがブスであることは認識し合っていたのだから。

「でも、きれいなほうがブスよりは可能性があるやん。女優なんて、きれいな人でも一握りしかなれへんのに、なれるわけない」

突然降ってきた転校という言葉に気が動転していたのだろう、気が付けば陽芽は、そんな酷いことを口走っていた。

陽芽が小学生のときのことだ。学芸会で白雪姫の役になったことがあった。

やりたいと挙手した訳ではないし、実際やりたくはなかった。他の役がよかった。けれど名前が白雪陽芽だからという理由で、適当に指名され、バカにされるように投票で決まった。クラスメイトたちは、拍手をしながらにやにや笑っていた。ブスである自分が姫役になったからだ。

これまでの人生を振り返っても、ブスに生まれて得をしたことなんて一度もない。傷ついたことしかなかった。

「私はなれるよ。絶対に」

だが笑美は屈することなく立ち上がり、そう宣言すると、青い空に手を伸ばし、太陽の光に照らされながら、笑顔でこちらを見下ろした。

「陽芽はなんで、演劇部に入ったん？　自分以外の何かになりたかったんじゃないん？　私、思うねん。生まれつき恵まれた人だけが、夢を叶えられるのがこの世界じゃない。むしろ、大人になって活躍してる人は、辛い気持ちを知ってる人やって。それにな、私はブスやけど、自分のことが大好きやから大丈夫」

その満面の笑みにはきっと、心からの自信と、怒りよりも強い感情が込められていた。

そして、それが笑美ときちんと交わした最後の会話になってしまった。

転校するまでの間、無視をされた訳でもないし、お昼を一緒に食べなかった訳でもない。だが笑美が、自分に対して上辺の返事しかしてくれなくなったことは、嫌でもわかった。

喧嘩別れよりも、最悪だった。

文化祭の公演を終え、朝倉花恋が転校してくる数日前に、笑美は転校した。

笑美が転校しても、教室は何も変わらなかった。哀しくなるほどに。

だけど花恋が転校してきた日、教室の温度はいっきに変わった。

「なあ、朝倉さんって東京から来たんやろ。渋谷とか、行ったことある？」

「あるよー」

「えーいいなあ」

「そんなことないよ。渋谷なんて、人混みもやばいし、臭くて最悪だよー」

「でも、芸能人とかいっぱいすれ違うんやろ？」

「ううん。たまに撮影現場とか見かけるくらいで、全然すれ違わないよ」

「撮影とかあるんだー。すごーい」

「それよりさ、鴨川には、夏になると蛍が飛ぶんでしょう？　すごいよね。東京ではお金を払ってみるんだよ、蛍」

なぜなら彼女は、本当に美しかったから。

こういう本物の美しさを備えた子が、芸能人や女優になるのだと、陽芽は感じた。


そしてあれは、花恋が転校してきてから一週間が経った日の、音楽の授業の後だった。

「白雪さんって、とてもきれいな髪だよね」

お手洗いで一緒になったとき、陽芽は鏡越しに花恋にそう言われた。そんなふうに、少なくとも自分よりカーストの順位が高い人間に――外見について褒められたことは今までなかった。

おそらくだが、三軍の中で、花恋のことを嫌いな生徒はいなかった。

だって花恋はクラスの亡霊であった美心とも二人一組になるような優しさを、三軍全員に向けてくれたのだから。誰だってきれいな人に優しくしてもらえたらうれしい。そして、きれいな人に冷たくされれば、それは、その人が好きとか嫌いとかに関係なく、真っ暗闇に突き落とされたような気持ちになるのだ。


「――今回は偶数なので、待機する生徒を決めます」

金森留津の声で、陽芽は地獄としか例えようのない現実に引き戻される。

「水島美心さんに投票する人」

ほぼ全員の手が挙がる。陽芽も挙手をした。とにかく考える時間がなかったし、自分以外の誰かに投票しなければならないのならもう、誰でも一緒だった。

「ねえ、勝音《かつね》たち、リサたちと組も」

「うん、もちろん」

「じゃああたし、幸《ゆき》と組むー」

「優《ゆう》、私と組も！」

一軍女子たちが、二軍上層のグループ――二軍Bグループとする――を誘い、二人一組になっていく。一軍女子と二軍Bグループは、それぞれ四人グループであるから、どう考えても、グループ同士で合体したほうが、この先も有利なのだ。

陽芽は、曜日螺良に視線を遣る。女子高の王子様と名高い彼女は、死などまるで感じさせない涼しい顔で、二軍Bグループのクラス随一のお嬢様である巴玲香《ともえれいか》と二人一組になっている。

「ねえ、花恋ちゃんたち、私たちと組んでくれない」

それからすぐに、書道部のメンバーで構成されたグループ――二軍Aグループとする――が、生徒会メンバーの花恋・留津・佐伯日千夏・野土夏を誘った。この二軍Aグループは、カースト上でいえば、二軍Bグループよりさらに上層に位置している。書道の才能に加え、一軍のように派手ではないものの、それぞれ違った美しさが、このグループのメンバーにはあった。

前回までで、四人グループは、グループ内の生徒とはすべて手を繋ぎ終えているはずだった。だが、再びグループを組んだことで、今残っている一軍・二軍の生徒たちは、その中でメンバーを交換しあえば、最低でもあと四回はもつ。

この先、数の少ない三軍から失格になっていくのは、明白だった。

陽芽は、宝塚の男役にもなれそうな螺良の整った横顔をしばし見つめたあと、ある決心と共に、三軍の群れから離れ、自分の席へと戻った。

――自分以外の何かになりたかったんじゃないん？

笑美にそう言われたことを思い返しながら、机の上に置いていた花柄の筆箱から鋏《はさみ》を取りだし、再び三軍の群れに戻る。

「……陽芽、どうしたん」

陽芽の手に握られた鋏に視線を配り、不審者を見るような眼で、海が訊く。

「海、うちな、なりたいものが、あんねん」

鋏の刃を自らの顔に近づけながら、陽芽は、海にそう告げると、

「うち、王子様になりたかった」

花恋に褒められるほどに美しく伸ばし続けた髪を、ベリーショートとなるようにばさりと切った。

――そう。あのとき陽芽は、白雪姫ではなく王子様になりたかったのだ。

演劇部に入ったのも、演技が好きというよりかは、男役ができるかもしれないと思ったから。陽芽はこれまでずっと、女であることに違和感を覚えながら生きてきた。けれどこの悩みを誰にも打ち明けたことはなかった。親友だった笑美にも。気持ち悪いと思われることを畏怖《いふ》していたのもあるが、男になりたいという思いは、禁忌だったから。

陽芽の母は、四十歳を超えてもなお、女児が集めるようなピンクの玩具が狂気的に好きだった。父とも、白雪という苗字になりたいからという理由で結婚したくらいで、父によると、妊娠が発覚したとき、女の子じゃなかったら堕胎するなどと騒いでいたそうだ。白雪という苗字なのだから、絶対にヒメという名前をつけて白雪姫にしなければならないという最低な理由で。

だから陽芽が白雪姫の役を演じることになったときも、母だけは狂喜乱舞していた。

しかし喜びはすぐに怒りに変わった。

陽芽が役作りのために勝手にショートヘアにしたからだ。それまでも、母の言いつけで髪を伸ばしていたが、流石に白雪姫をロングヘアでは演じられない。単純にそう思ったのだ。

「ねえ陽芽ちゃん、せっかく白雪姫の役を貰ったのに、なんでそんな変な髪型にするの……？全然可愛くない……ブスにショートなんて似合うわけがないのに、なんでわからないの。ねえ、ブスなんだから、せめて女の子らしくしてよ」

母は短くなった陽芽の髪を見るたび、罵倒しながら泣いた。白雪姫はショートヘアだよ。そう訴えても、無駄だった。

「あのね、陽芽ちゃん。今度こんな真似したら、本当に家を追い出すからね？　せっかく女の子に生まれてきたんだから、ブスだとしても、可愛く生きようね？」

陽芽は頷くことしかできなかった――女の子らしく生きるように、誓わされた。それからは、二度と責められないよう、その誓いを守り、再び伸ばした髪を大切にケアしていたから、花恋にも褒められたのだろう。

そして陽芽が中学生になると、なぜか母は陽芽に、花柄のものばかりを買ってくるようになった。服も、下着も布団も、筆箱もそのひとつだ。母はそういう極端な性格だった。何を見てそう思ったのかはわからないが、陽芽には花柄が似合う、という方程式が彼女の中で出来上がっていた。

「うわあ、きれい。お母さんありがとう」

その度に陽芽は、喜んだふりをした。しなければならなかった。だって悪意ではなく、母の善意だったから。本当はもう――花なんて、見たくもなかったのに。

「陽芽、あかん……！」

失格になった誰かの胸から散った花びらの上で、顔面蒼白になりながら、海が叫んでいる。

演技指導以外で、そんなふうに海が人間らしく大声を上げる姿を、陽芽ははじめて見た。

でも、海が取り乱すのは仕方のないことだと、陽芽は他人事のように思う。

――だって今、自ら、胸のコサージュを剝ぎ取ってしまったのだから。

そう。遅かれ早かれ失格になるのなら、最後くらい、本当の自分になろうと思ったのだ。

陽芽はもう一度深呼吸をしてから、教室の蛍光灯の下、満面の笑みを浮かべ、海を見下ろした。

「なあ海、もしも最後まで残ったらさ、笑美に伝えてくれへん？」

――なれないなんて、言ってごめん。

自分がなれなかったから、悔しかった。笑美と、離れるのが淋《さび》しかった。

ブスでも、演技がそれほどでも、いつも堂々として、自分を信じている笑美のこと、心から尊敬してた。

なあ笑美……、生まれ変わったら、また親友になってくれる？

四回目

【待機】　水島 美心

星川 更紗　―　二階堂 優
根古屋 羽凜　―　小岩井 幸
大神 リサ　―　中野 勝音
曜日 螺良　―　巴 玲香
朝倉 花恋　―　真杉 希子
金森 留津　―　宵谷 弥生
佐伯 野土夏　―　瀬名 桜雪
佐伯 日千夏　―　鮫島 マーガレット歌
氷室 永月　―　井上 翠
黒木 刹那　―　六条 いのり
冬野 萠　―　萩原 海

【失格】　白雪 陽芽

残り二十三人
残り三十九分

五

あなたの価値

出席番号21番　冬野萠《ふゆのもえ》

正気でなくなるのも無理はないと、萠は思う。

白雪陽芽が自らコサージュを外し、自爆するような形で第四回が終わった。

陽芽の死体はアートのようでもあったし、趣味の悪い模型のようでもあった。何せ、制服を覆いつくすように、色とりどりの薔薇の花が咲き乱れているのだから。

死因は、おそらくその花の棘が刺さり、毒が回ったのだと考えられた。どういう仕組みになっているのかは見当もつかないが、自らコサージュを外すと、こんなふうになってしまうのかと思うと、萠はゾッとした。

着実に増えていく変死体から目を背け、時計に視線を向けると、針は九時二十一分を指していた。つまり残り時間は三十九分。そして、生き残っている生徒はまだ二十三人もいる。

この状況を俯瞰《ふかん》的に楽しんでいるのは、自分だけだろうか。それとも自分は、いかれているのかもしれない。萠は俯《うつむ》き、くたびれたローファーの先を見つめながら、自嘲《じちょう》気味にニヤけた。

今回は奇数のため、誰も待機させる必要がない。

いつしか仕切り役となった金森留津が声を掛ける前から、一軍と二軍は、先ほど合体させたグループ内で、相手を交換するように二人一組になる準備をしている。

「今回は誰が失格になるんやろう」

「こわすぎるわ……」

あと数回は確実に生き残れる安心感からだろう。彼女たちは怯えた演技をしながらも、余命わずかの三軍女子たちを観察しては笑いあっているようにすら萠の目には映った。

いつだってカースト上位の者たちは、安全な場所から、底辺にいる者たちの不幸を楽しんでいる。きっと「生きる価値のない三軍女子どもは、はやく死ね」などと、心の中で優雅に毒づいているのだろう。それが後で自分たちの首を絞めるとしても。

この世はつくづく馬鹿ばかりだと、萠は思う。

けれど仕方がない。死を前にしても、カーストの違う生徒とは手を繋ごうとは思わないのが、人間心理なのだから。そんなことは、このゲームが始まる前から萠は知っていた。

だからさっき、二軍の森田碧唯が死んだとき、萠は清々《せいせい》したのだった。碧唯が「私と二人一組になってくれない」と頼んできたとき、心の底から殺したいと思った。普段は三軍女子を見下して、見向きもしないのに、まるで友だちだったかのような顔をして、話しかけてくる神経が信じられなかった。

そもそも萠は、あんなにも救いようがないほどに自己中心的な人間が生き残る価値はないと感じていた。あんな女が未来を生きたところで、生産性のない人生を送り、下らない結婚をして、インスタグラムで子育てをしている自分に酔うだけだと。

「ねえ、次に死ぬの、私たちのどっちかだね」

着実に迫りくる死への恐怖からなのだろう。お互いの汗が染みるほどに、しっかりと繫ぎ合っていた手を離しながら、萩原海が言った。

萠は頷いた。間違いのない考察だった。

前回、氷室永月は井上翠と、黒木利那は六条いのりと二人一組になった。つまり今回、この四人は相手を交換しあうだけでいい。他の生徒も、わざわざグループを抜けてまで、他の者を探すなどというリスクは冒さないだろう。

そして自分たちに残された選択肢は限られていて、死は目前に迫っている。

萠は前回、自分から海と手を繋いだ。

それは、彼女に生きて欲しかったからという単純な理由からだ。

「萩原さんが、生きて」

だから真っ直ぐに彼女を見据えて、萠は言った。

第一、もう自分が生き残れないことを、萠は悟っていた。

「え」

「うち、あなたの価値、知ってるから」

そう——この世には二種類の人間がいる。

文学を理解できる人間と理解しようともしない人間だ。

萠は海に告げながら、昨日の夜、ツイッターの読書アカウントにそう呟いたことを思い出す。

元々、読書は好きだったが、萠が完全に読書に目覚めたのは、中学二年生の夏休みだった。読書感想文を書くために、図書館で借りた、村上春樹の『ねじまき鳥クロニクル』。

第1部、第2部、第3部と、全三巻もあるから、夏休み中、充分に楽しめると思ったのだ。

作品は、シュールレアリスムというのか――その当時の萠にはやや難解で、物語に書かれていることを完全には理解できなかったが、読んでいる最中、自分がこの世界ではないどこかにいるような気分になった。まるで醒めながら夢を見ているような。そして、おおよそ一ヵ月をかけて、全編を読み終わったとき、人とは違う次元に行けたような、そんな気がした。自分を覆っていた皮が一枚、剝がれたような。

それ以来萠は、中毒のように春樹の小説を読み漁った。読み終えるたびに、心の幼稚さが取り払われ、自分の皮が剝がれていくのが快感だった。しかし中学を卒業する頃には、春樹の文章にも慣れてしまったのか、あのような異世界へトリップしたような感覚にはなれなかった。

萠はまた、出会いたかった。自分を、ここではないどこかへと連れて行ってくれる文章に。

そして萠が再び、そのような感覚になれたのは、あまりにも予想外のタイミングだった。

高校二年の文化祭。演劇部の二人芝居を見たときだったのだから。

演目名は『百日草』。

演劇部の公演など、誰も集中して見ていなかった。演者が三軍女子ばかりなのだから、当然だった。下級生も上級生もみんな、ブスの癖に、堂々と演技をする赤西笑美にクスクスと笑ってさえいた。

けれど萠は釘付けになった。そして馬鹿だと思った。この劇の素晴らしさを理解できないやつは、馬鹿だと思った。

正直、堂々としている笑美の演技はまだしも、おそらく台詞の意味さえ理解していないだろう陽芽の拙《つたな》い演技は、共感性羞恥がわくほどに見られたものではなかった。

だが演劇部の部長でもあった海の書いた脚本は、身震いするほど研ぎ澄まされたものだった。『百日草』には、自分の前から消えた親友を想い続ける色あせない気持ちが、これまで味わったことのない、おそらく彼女にしか構築できない台詞で表現されていた。

同級生がこの脚本を書いたとはとても思えなかった。将来彼女は偉大な作家になるだろう。そう確信しながら、萌は残酷なまでに打ちのめされてもいた。

萌は春樹の小説を読んで以来、自分でもこつこつと小説を書いていた。授業中や、眠る前に。けれど笑ってしまうほど、自分の物語は陳腐だった。

百年かかったとしても春樹にはなれそうもなかった。そして——萩原海にも。

海の書いた劇を観て、自分は限りなく凡人で、だからこそ、天才に憧れてやまないのだということを萌は自覚するしかなかった。

「萩原さん。あなたの劇、すごくよかった。あれってもしかして、赤西さんが転校するから、白雪さんのために、書いたん？　あれから『百日草』について調べたんやけど、花言葉で「あなたの不在を悲しむ」「別れた友への思い」「不在の友を思う」とか出てきて、ますます、劇を見て感じていたことが、点と点が繫がって。うまく説明できひんのやけど、考えれば、考えるほど、凄くて。二人の演技は正直どうかと思ったけど、でも、ほんまに、素晴らしかった。異世界にトリップできたの、久々やった。ありがとう」

文化祭から三日経っても興奮が収まらず、萌が思い切って感想を伝えた時——かなりの早口になってしまったが——海はただただ唖然としていた。

同じ三軍に位置しているが、お互い無口なのも相まって、これまでほとんど話したことがなかったのだから、真っ当な反応だった。けれどきっと彼女は喜んでいるはずだと萠は確信していた。だって文章を紡ぐことが、彼女のアイデンティティのはずだった。

「とにかく、うち、あなたのファンになったから。覚えといて」

何も反応できないでいる海に、萠は言い捨てて、その場を去った。

あの日萠は、いつか大成した彼女のいちばんの読者であることを誇りにしようと決めたのだ。

書けずとも——私には読む力があり、見る目がある。

それだけが自分に残された才能だと思った。


「萩原さん。前も言ったことあると思うけど、うち、あなたのファンやから。意味わからんと思うけど、あなたがうちの夢でもあるから。だから絶対に凄い人になってもらわんと、困るねん。だから生きて。最後まで。それで、大作家になって」

海に向かい、萠はまた早口に喋っていた。それほどまでに、彼女を尊敬していることも確かだが、ほとんど錯乱状態だった。例えば春樹作品の登場人物でも、こんな状況下では、やれやれなどとほざく余裕はないだろう。

「……わかった」

彼女は頷いた。たぶん何もわかっていなかった。おそらく今、お互いがわかっているのは、この回でどちらが死んでも、どちらも最後までは生き残れないということだけだった。

だからこそ今、自分が犠牲になれることを、萠は自覚していた。

ただ最後に、自分よりも彼女のほうが価値のある人間だということを、伝えておきたかったのだ。それが自分に残された使命だと感じた。

「死んでもずっと、萩原さんのこと、応援してるから」

自分に似合わないと思いながらも、微笑みを作り、萠は言った。

「……ありがとう」

少し間を置いたあとで、海も微笑む。萠は泣きそうになった。

この教室において、才能など無意味である。文学を理解しようともしない人間ばかりなのだから。だから海は三軍女子なのだ。でも、少しばかり顔が整っている一軍女子よりも、普通としか言いようのない二軍女子よりも、彼女こそが価値のある人間だということを、萠だけは知っていた。

五回目

星川更紗　―　小岩井幸
根古屋羽凜　―　巴玲香
大神リサ　―　二階堂優
曜日螺良　―　中野勝音
朝倉花恋　―　瀬名桜雪
金森留津　―　鮫島マーガレット歌
佐伯野土夏　―　宵谷弥生
佐伯日千夏　―　真杉希子
黒木刹那　―　井上翠
氷室永月　―　六条いのり
水島美心　―　萩原海

【失格】　冬野萠

残り二十二人
残り三十七分

六

イキテル

出席番号20番　氷室永月《ひむろなつき》

失格になった冬野萠が、死のカウントダウンと共に散っていく花弁の形をしたナイフに切り裂かれるようにして、絶命した。真っ赤に染まったその姿は、いつか萠に薦められて読んだ、永月にとっては何の面白みもなかった本の、赤い表紙を連想させた。

三日月を逆さにしたような細い目に、萠の変わり果てた姿を映しながら、永月は絶望するしかなかった。生き残った萩原海とは、既に手を繋ぎ終えている。しかし萠とは、まだ二人一組になれたのだ。どうせこれ以上、海に組む当てはないのだから、萠を残して欲しかったと思わずにはいられない。

・一度組んだ相手と、再び組むことはできません

この規則がある以上、二軍であぶれていた六条いのり・井上翠と手を繋ぎ終えた今、もう自分と組んでくれる生徒の当てはなかった。

時間の経過とともに血なまぐささが増す死体に囲まれながら、ぽろぽろと涙がこぼれてくる。

一軍グループ・二軍Aグループ・二軍Bグループ・生徒会メンバーは、それぞれ四人で構成されている。そして前々回からは、グループを合体させ、八人ずつの二グループに分かれている。

彼女たちは、あと二回は、新しく相手を探す必要がない。

「刹那……こわいよ」

永月は思わず、隣で佇む黒木刹那に泣きついた。

不慮の事故で家族を亡くした永月にとって、親友である彼女は、この世でただ一人の、心の支えとなる存在だった。

「大丈夫だよ、永月」

刹那は、震えの止まらない永月の身体を抱きしめ返すと、ぽんぽんと優しく背中を叩いた。

「何が大丈夫なの。私たち、もう終わりだよ。もう……死ぬんだよ」

「永月、落ち着いて。私たちは、選ばれし者なんだよ。だから、死ぬなんて、ないの」

深海のごとく青ざめた永月の頬を、まだ温もりのある両手で挟み、もうすぐ失格になるとは露ほども感じさせない、落ち着き払った声色で刹那が大真面目にそう諭す。

「あるよ……選ばれなかったから、死ぬんだよ……」

頬を挟まれているせいで、舌足らずになりながら、永月は反論した。

「……ねえ、だとしても永月、私はね、死ぬのなんて全然こわくないよ」

刹那が、三軍女子と呼ぶのにはおよそ相応しくない、きらめきを湛えた顔でにこりと笑う。思い返せば、刹那はいつもそう言っていた。


刹那が永月の暮らす児童養護施設にやって来たのは、高校一年生の春が終わる頃だった。

同じ学校に通う二人は、職員の計らいで同じ部屋となった。入学したばかりということもあったが、学校での刹那と永月は全く親友というわけではない、ただのクラスメイトだった。

だから初日の夜、なんだかそわそわして、永月は眠りに就けなかった。それまで一人で部屋を使っていたからなおのこと、部屋に他人がいるという状況が落ち着かなかったし、不思議ちゃんとはいえ、利那が自分とは比べものにならないほど美しい少女であるということが、緊張を増幅させた。

「ねえ、これから同じ部屋で暮らしていくにあたって、自分たちのことを教え合わない？」

深夜二時。同じように眠れないでいた利那が、とうとう布団から起き上がり、そう提案した。

「うん」

永月も、そうするべきだと思っていた。

それから二人は、距離をはやく縮めたい一心で、息継ぎも忘れて、語りあった。好きな色、好きな天気、好きな食べ物、好きな漫画、好きな音楽、好きな芸能人。――そして、利那がようやくその話を切り出してくれたのは、夜明け前だった。

「私ね、実は今まで何度も死にかけたことあるんだ。いろんな入浴剤が溶けた不気味な色のお風呂に沈められたり、雪の降るベランダに何時間も放置されたり、何日間もご飯を食べさせてもらえなかったり、毎日、殴られたり蹴られたり。でも、一度も死ななかったの。すごいよね」

利那は、両親から酷い虐待を受けていたことを、そんなふうに笑い話のように喋った。

「どうして自分の子供に、そんな酷いことができるのかな……。信じられない」

強がりなのかもしれないが、あっけらかんとしている本人に反して、永月は涙をこぼさずにはいられなかった。夜通し話し続けていたせいで、気が昂《たかぶ》っていたのもあるし、温かい家庭に育った永月には、利那の生い立ちは到底理解できなかった。

「永月、泣かないで。でも、泣いてくれてうれしい。私、ずっとそれが普通なんだって思ってた。両親って、そういうものだって。だから両親が捕まったとき、訳がわからなくて混乱したの。この施設に来て、みんなが優しくしてくれて、なんか変な感じさえする。永月がこうして泣いてくれることも、不思議。でもきっと永月が、私のことを可哀そうだと思ってくれるのは、ご両親に愛されていたからなんだよね？」

永月はこくりと頷き、GUで買った水玉模様のパジャマの袖で涙を拭いながら、掠れた声で告げた。

「……でも、私のせいで死んじゃったんだ」

これまで、クラスメイトの誰にも話したことはなかった。誰にも、話したくなかった。

でも、どうしてだろう。刹那には、自分が犯したことのすべてを知ってほしいと思った。

刹那の察する通り、この施設に来るまでの永月は、両親がくれる愛の中で生きていた。

母が焼いたケーキは世界一美味しくて、頭を撫でてくれる父の大きな手は、学校から持ち帰った哀しみをぜんぶ掬《すく》い取ってくれた。家はいつも笑い声で溢れていた。黄色い花の絵が飾られていた玄関も、いつも掃除の行き届いたリビングの様子も、家族みんなで眠っていた木の温もりが溢れる寝室も、永月は隅々まで思い出せる。施設の人には、親切にしてもらい、感謝している。けれど戻れるものなら、永月はずっとあの陽だまりのような家で暮らしていたかった。

そのすべてが失われてしまったのは、中学二年生の夏休みだった。

温《ぬる》い風が吹いていたあの日は、びわ湖大花火大会の開催日で、毎年どんなに混んでいたとしても、家族で花火鑑賞に行くのが、小さい頃からの恒例行事だった。だから永月にとって夏という季節は、西瓜《すいか》よりも、プールよりも、花火のイメージだった。

その年も、花火大会は順調に進んだ。何度見ても花火はきれいで、打ち上がるたび、永月の心を震わせた。

「じゃあ、帰ろうか」

もうすぐフィナーレが始まろうというとき、そう言って父が立ち上がった。最後まで見ると駐車場から車を出すのも大変になり、道も混むからという理由で、毎年、フィナーレを残して帰っていた。

だがあの夜、永月は、父が穿いていたベージュのズボンを摑み「最後まで見たい」と我儘《わがまま》を言った。いつも帰りの車の中からしか眺められない遠ざかっていくフィナーレを、一度くらい大迫力で見てみたかったのだ。

「うん、たまには渋滞に巻き込まれるのも、花火大会の醍醐味ってやつだな」

「そうね、最後まで見ていきましょう」

それまで、永月が我儘を言ったことなどほとんどなかったからだろう。父も母もすぐに賛成してくれた。

――けれど、過ちだった。

父に従って、いつものように途中で帰れば、あんな悲惨な事故は起こらなかった。

フィナーレが終わったあと、いっせいに人が帰り支度を始めた。道はどこもかしこも人で溢れ返り、真っすぐ歩くことすら困難なほどだった。

「今、駐車場も混んでいるだろうから、少し時間をずらして帰ろうか。琵琶湖を眺めながら、みんなでお喋りをしよう」

父の提案通り、一時間ほど琵琶湖の畔《ほとり》で時間を潰した。どこまでも続く海のように広いのに、湖であることから、波はない。空には花火の煙がまだ残っていた。

そして、人の波が収まるのを待ってから、永月たちは車に戻った。

「永月のおかげで、あんなに大迫力の花火が見られて感動したよ。ありがとう。今まで勿体ないことをしていたな」

ようやく車を運転しながら、父はバックミラー越しに笑い、柔らかな口調でそう言った。

「うん。今年も連れてきてくれて本当にありがとう。また来年もみんなで——」

一緒に来ようね。

そう告げようとしたときだった。

明らかに酒に酔っている大学生らしき男の子たちが、急に飛び出してきたのは。

永月が座る後部座席から、その全容は見えなかったが、父は男の子たちを避けようと、無心でハンドルを切ったのだろう——それが、事故に繋がった。

不運にも対向車には運送会社の巨大なトラックがいて、永月たちの乗っていた車は、ペットボトルが潰れるみたいに前方の座席が凹んだ。父も母も、即死だった。自分だけが——助かった。

それから深い海の底にいるような一人きりの夏が明け、間もなくして、頼る親族もいなかった永月は、施設に入ることになった。

「私……あの日からずっと、死にたいって思ってる。でもね、死ねない。私、死ぬの、こわいんだ。自分だけが生き残ったのに、最悪だよね」

話し終えたあと、永月の顔面は涙と鼻水でぐちゃぐちゃになっていた。

「……私は、死ぬのなんて、こわくないよ」

すると刹那が言った。雨上がりに、屋根に残っていた雨粒が鼻の頭に降ってきたような、そんな冷たさがした。

「なんで、こわくないの」

「それはね……えっと、死ぬのがこわくなくなる魔法があるの。特別に、永月に教えてあげる」

魔法。少女の頃によく使っていたその言葉を、永月は久々に聞いた気がした。

「右手の人差し指を、出して」

「うん」

促されるままに、永月は人差し指を差し出す。

刹那は枕元の引き出しから、おもむろにカッターを取りだした。

「何するの」

鋭い刃を前に、永月は怯んだ。いつか漫画で知ったリストカットという行為が脳裏を過《よぎ》る。

「大丈夫だから、目を瞑って」

しかし、逆らおうとは思わなかった。眠気で脳が麻痺していたし、永月はそのとき、魔法をかけてもらいたかった。

「じゃあ、魔法かけるね」

指先に裂かれるような痛みが走り、永月は顔を歪めた。目を瞑っているから、何が起こっているかは見えない。でも予測はできた。

「目を開けていいよ」

言われて、永月はすぐに目を開けた。人差し指を見ると、やはりというか切られていた。割れ目からは血が流れている。その赤さは、夜に食べた刺身の色に似ていた。

それから利那は、自身の人差し指に対しても、同じ工程を踏んだ。

「魔法はここからだよ。永月、人差し指を私の方に向けて」

永月は言われた通りにする。ぽたりと、布団に、血が滴り落ちた。

そして利那は、永月の人差し指に、自身の人差し指を合わせた。

この光景を、永月はいつか見たことがある。そう、父と母が子供の頃から大好きだと言って見せてくれた映画……『E.T.』のポスターだ。

作品名を思い出した時だった。

「イキテル」

利那が、映画の中でE.T.が話すときのような発音で言った。

「これが呪文。永月も言って」

「うん」

ほんの少し、笑ってしまいそうになりながら永月は頷いた。これはたった今、利那が自分のために考えてくれた魔法なのだろう。でも、それでも。魔法なんて、嘘だとしても。永月はうれしかった。

「「イキテル」」

二人は指を合わせながら、見つめ合い、静かに声を合わせた。


血の臭いに耐えかねて、永月はそっと一つの窓を開けた。

その瞬間、降りしきる雨の音が、いっきにクリアになった。

「……今回は偶数なので、待機する生徒を決めます。水島美心さんに投票する人は、手を挙げてください」

回を追うごとに、生き残れる可能性は低くなる。金森留津が消極的な声で呼びかけると、当事者である美心と、一軍の大神リサ以外の手が挙がる。

美心以外を選べば波乱が起きるだろうし、票が割れたらその分、時間を食う。それに万が一『特定の生徒』が余ってしまったら、『特定の生徒』以外の全員が失格になる。その規則がある以上、美心には待機してもらったほうが安全だった。

「では、今回待機する生徒は、水島さんに決定です」

そう決が取られた瞬間、教室の其処《そこ》かしこでクラスメイトたちが手を繋ぎ合う。

永月は利那に抱き付きながら、それ以上、その様子を見ないことでしか恐怖を紛らわせることができなかった。

「ねえ、ちょっと待って！　リサ、繋ぐ人、いないんやけど！」

突如として、大神リサの怒号が響いた。

前々回、二軍Bグループとグループを合体させた一軍女子たちは、計算上、あと二回は、新たに相手を探すことなく、二人一組になれるはずだった。

永月はおそるおそる顔を上げて、騒ぎのほうに目を遣る。

星川更紗は、巴玲香と。

根古屋羽凛は、中野勝音《なかのかつね》と。

曜日螺良は、小岩井幸《こいわいゆき》と手を繋いでいる。

残るは、二階堂優《にかいどうゆう》だが――。

「リサさっき、優と二人一組になったんやけど。ねえ、なんで。どういうこと」

正直永月は、誰が誰と組んだかまでは覚えていなかった。でもリサがそう言っているのだから、そうなのだろう。

「あ。そっかそっか。繋ぐ順番が悪かったんやな。そこまで考えてなかったわー。リサリサごめーん」

羽凛がへらへらと笑いながら謝る。

「……は？　繋ぐ順番考えてなかったって、あたしのこと殺す気？」

リサは衝動に任せるように、シルバーのブレスレットをつけた腕で、羽凛の胸倉を摑んだ。

「考えてなかったのは、リサリサも一緒でしょ？　てか早く相手探さないと余っちゃうよー？」

だが羽凛は、反省の色を見せるどころか、上目遣いでそう煽《あお》り、余裕そうに笑った。

確かに考えなしだったリサにも落ち度があるし、それ以上、言い合いしている時間もないと悟ったのだろう。リサは羽凜を解放すると、目の前にあった椅子を蹴り飛ばしてから、周囲を見渡した。

永月は一瞬、希望の光を見た。リサと目があったからだ。

だがその光はすぐに闇に紛れた。リサは三軍女子である永月など、自分の世界には存在していないと言い切るように、すぐに視線を逸らした。それから永月の横を素通りして、永月と同じく途方に暮れていた井上翠と、半ば強引に手を繋いだ。

「優は、いのりと繋げば」

そして、勝ち誇ったように、二軍Bグループであぶれていた優に言い放つ。

リサの指示通り、優は急いで、翠の相方である六条いのりの手を取った。

一方、二軍Aグループと生徒会メンバーは、きちんと順番を考慮して二人一組になっているのだろう。騒ぎは起こっていない。

つまり——この回で、美心以外の三軍女子は全滅するということだった。

海はこの回での死を確信していたのだろう。早々から誰かと組むことは諦めた様子で、自分の席につき、黙々と何かを綴っている。それが遺書なのか、脚本なのか、永月に確かめる猶予はもうなかった。

「永月、大丈夫だよ」

利那がラインでよく使っていた、ガクガクブルブルという擬態語を体現するかのように歯と体を震わせ、恐ろしさに呑みこまれている永月を抱きしめて、利那が諭す。

「死ぬのなんて、こわくないよ。だって、生まれ変わったら、絶対に、今よりもっと幸せになれる。新しい、素晴らしい人生が始まるんだよ。私たちは、その一人に、選ばれたの」

利那はきっと、違う誰かに生まれ変わりたいと感じながら、生きていたのだろう。けれど永月は、また自分に生まれ変わりたいと思った。あの素晴らしい両親の元に、もう一度、生まれたいと思った。

はらはらと一枚ずつ、無情な音を鳴らしながら、二人の胸の花が散りだす。

「こわい、こわいよ」

永月の口からは、もはやその言葉しか出てこなかった。

「もう、仕方ないな。じゃあ特別に、もう一度だけ、魔法をかけてあげるね」

利那は無邪気に言うと、スカートのポケットからカッターを取り出した。そんなものを、常備しているとは考え難い。だからきっと、魔法をかけるために、用意してくれたのだとわかった。

人差し指を摑まれ、指の腹を躊躇《ちゅうちょ》なく切られる。利那も自分に対しそのようにした。

血が滴る指先を『E.T.』のように合わせる。

「呪文、覚えてる?」

利那が訊く。

最後の花弁が散ると同時に、永月は頷いた。

「「イキテル」」

六回目

【待機】　水島 美心

星川 更紗　―　巴 玲香
根古屋 羽凜　―　中野 勝音
大神 リサ　―　井上 翠
曜日 螺良　―　小岩井 幸
朝倉 花恋　―　鮫島 マーガレット歌
金森 留津　―　瀬名 桜雪
佐伯 日千夏　―　宵谷 弥生
佐伯 野土夏　―　真杉 希子
二階堂 優　―　六条 いのり

【失格】　萩原 海
氷室 永月
黒木 利那

残り十九人
残り三十三分

七

命に嫌われている

出席番号27番　六条《ろくじょう》いのり

いのりは、呼吸をするので精一杯だった。

震えが止まらなかった。恐ろしいほどに実感させられていた。

――このゲームは、友だちのいないものから死んでいくのだということに。

前回、いっきに三人が失格になった。すべて三軍女子たちだ。彼女たちは、誰とも手を繋ぐことができなくなったのだ。

萩原海は机に向かいペンを握りしめたまま、そして氷室永月と黒木刹那は、抱き合った状態で凍りついたように動かない。

いったいこんな、悪い意味で魔法のようなコサージュを誰が作ったのだろう。そして自分のコサージュには、どのような仕掛けが施されていて、どのような死に方をするのだろう……。

「翠《すい》……」

いのりは、蜘蛛の糸を摑む思いでその名を呼びながら、井上《いのうえ》翠と目を合わせる。

「いのり……」

翠も憔悴しきった声で、いのりの名を呼んだ。

今回死に至る生徒は、開始する前からもう決まっている。

――自分か翠だ。

そして次に死ぬ生徒も、自分か翠だった。

もはやどちらが先に死ぬかの話でしかない。

でも本来ならば、三軍女子たちと同様に、二人とも既に失格になっていたのだ。前回、一軍女子と二軍Bグループが、二人一組になる順番を適当にしていたために、いのりは優、翠はリサとランク上の女子と手を繋いで運よく生き残れただけに過ぎない。

いのりは深呼吸をしてから、なるべく視界に入らないよう――ずっと目を背けていた森田碧唯の死体のあるほうを振り返った。

心臓部にコサージュがめり込んでいる。壮絶な痛みだったのだろう、愛らしかった顔も変わり果てていた。

時間の感覚が麻痺しているが、碧唯が失格になったのは、まだほんの十分前のことだ。

いのりは静かに碧唯の亡骸に近づくと、震えながら手を合わせた。

碧唯には心から、感謝していた。

軽音部の仲間として、オタクでダサかった自分と翠を、三軍から引き上げ、普通の女子高生にしてくれたのは、まぎれもなく彼女だった。さっき大神リサが、三軍女子たちではなく、自分たちを選んだのは、その差だということも身に染みて感じていた。もちろんその差が、大した差ではないということも重々わかっている。数分の差で自分たちも死ぬのだから。けれどいまはその数分が、あまりにも大切だった。

心の準備ができないまま失格になった碧唯は、どれほど自分たちを恨んでいるだろう。

――どうせ……翠もいのりも、すぐに死ぬから！

ああ叫んだとき、碧唯はどんな気持ちだったのだろう。

自分たちに裏切られた気分だったのかもしれない……と、いのりは思う。

――……最低
そう罵られるのは道理だったとも。

なぜなら碧唯が失格になることが決まった瞬間、一番目にいのりの心に浮かんだのは、哀しみではなかった。安堵だった。そして二番目に、翠と自分、二人で生き残れるかもしれないという微かな希望。

冬野萠が責め立てていた通り、碧唯には自己中心的な部分がなかったとは言えない。そして碧唯に、見下されていることも知っていた。だがいのりが、心から哀しめなかったのは、碧唯のことが嫌いだったからではない。いのりも翠も、碧唯の悪口めいたことは一度も口にしたことはないし、彼女のことは、むしろ好きだった。明るくて面白くて、面倒見がよくて努力家だった。おそらくだが……ボカロ曲などには興味もないはずなのに、自分たちに話を合わせてくれ、文化祭では、自分たちの好きな曲を演奏までさせてくれたのだから。

それにこの三年間、軽音部の三人で過ごした時間は計り知れない。

放課後の部活のみならず、お昼も碧唯の机に集まって三人で食べ、部活帰りは軽音部らしく新京極のJEUGIAによく寄った。時には、三条河原町のジャンカラで歌い、からふね屋でパフェを食べ、ラウンドワンでプリクラを撮った。三人で過ごした時間は、疑う余地もなく、青春と呼べるものだった。

いのりは碧唯に近づくと、その苦悶に歪んだ顔に、そっと水色のハンカチをかぶせた。以心伝心するように、翠も駆け寄ってきて、ピンクのハンカチをコサージュがめり込んだ心臓部にかぶせる。

二匹の猫が刺繍されたPAUL & JOEのハンカチは、クリスマスプレゼントに碧唯がくれたものだった。

「みんなでお揃いにしたの」

そう言って、同じ刺繍がされた黄色のハンカチを見せた。

いのりの目頭に、哀しみが遅れてやってくる。

「ごめん、碧唯……ごめん」

今度は心の底から――いのりは、その言葉を伝えずにはいられなかった。

隣に視線をやると、翠も声を殺しながら泣いていた。

いのりは知っている。翠が、自分と同じ気持ちで、三人グループに属していたことを。


三人グループは、ある意味で楽だった。

ロールプレイングゲームのように碧唯の後ろについていき、碧唯の話を聞き、同調していればそれでよかったからだ。別に嫌味ではない。自己主張の苦手な二人にとって、誰かが引っ張ってくれるというのは、有難いことだった。

いのりが軽音部に入ろうと思ったきっかけは、少なからず碧唯が理想の軽音部としていたアニメ『けいおん!』の影響もある。小学生の時に放映されていたからだ。

だが、音楽がしたいと思ったのは、やはりそれが理由ではない。動画サイトで、いわゆるボカロPたちが創る素晴らしい音楽に出会ったからだ。神曲に出会うたび、何もない原っぱのようだった平坦な人生に花が咲いた。そうして、神曲の関連動画を徘徊するうち、いつか自分も【歌ってみた】や【演奏してみた】を投稿してみたいと、夢見てしまったのだ。

だから碧唯がドラムを担当したいと手を挙げたとき、いのりの胸は躍った。【演奏してみた】の主流は、メロディラインがはっきりとわかるギターが多くを占めていたし、【歌ってみた】を投稿する際も、弾き語りができたほうが格好いいと感じていた。

だが碧唯のあと、翠が、「私はベースでいいよ」と言ったのは、自分にギターボーカルを譲ったからではないことは、すぐにわかった。翠のスクールバッグには、いのりもよく聴いているボカロPのグッズのチャームがついていたから。そのボカロPは、バンド活動もしていて、イケメンベーシストとして有名だった。

応援している活動者は違えど、同じボカロ界隈を愛している翠と、仲が深まるのに、時間はかからなかった。親友になるのにも。そして、本当に気の合う友だちと――翠と二人で音楽のことについて話す時間が楽しいと思ってしまうのは、どうしようもないことだった。

でもいのりたちは三人グループであり、碧唯に内緒で、二人だけで行動することは罪だった。

「ねえ翠、今日あれ、やろ」

「うん、やろ」

その末に辿り着いたのが――あれ、だった。

一組のワイヤレスイヤホンを分け合い、それぞれが片方ずつ耳に嵌め、授業中、どちらかが選んできた曲をこっそり聴くという、スリリングな遊びだ。

月に何度か、教師の眼がゆるい授業が続く日などを選んで、実施した。好きな曲をプレゼンし合うように、一時間ごとに交互に曲を流し合う。もちろん、いつ実施されてもいいように、お互いプレイリストは日々更新していた。

そして、そのあとの昼休みや放課後――碧唯がトイレなどで席を外した瞬間に、プレイリストの感想を伝え合うのが、二人の何よりの楽しみだった。

「なあ、翠。今日うちが選んだ曲、何が好きやった」

「『右肩の蝶』かな」

「やっぱり翠はそう言うと思ってた」

「あと蝶々Pメドレー、最高やった」

「やろ！　蝶々Pはいつまでも神」

「私のはどうやった」

「『からくりピエロ』もよかったし、ハチさんの『砂の惑星』もよかった」

「やっぱり、いのりとは好み一緒。ハチさん、もうミクの曲作ってくれへんと思ってたから『砂の惑星』感動やってん」

「すっかり米津玄師《よねづけんし》やもんね」

「まあ米津玄師も神なんやけどね」

「元々ハチが神やからね」

碧唯がいないとき――翠と二人でいるとき、いのりはやっと素の自分に戻れたように喋れた。きっと翠もそうだった。

このまま碧唯がお手洗いから戻ってこなければいいと、心のどこかで、そう感じていた。

「今回は、待機する生徒はいません」

教壇に立ち、まるで教師のように金森留津が言う。いずれ彼女が失格になったあとは、誰がこのゲームを仕切るのだろう。漠然と考えながらいのりは、ブレザーのポケットからワイヤレスイヤホンを取り出す。

「……翠、最後にあれ、やろ」

そしていつものように、翠に、イヤホンを片方、差し出した。

いのりの手は小さく震えている。

毎日聴いていた音楽に散りばめられていた死というものが、こんなにもこわいものだと、いのりは知らなかった。死にたいも、生きたいも、知っているつもりになっていただけだった。

「最後の曲……私が選んでも、いい？」

イヤホンを受け取りながら、翠が訊く。その手も、小さく震えていた。

「うん」

イヤホンを耳に嵌《は》め、いのりは頷いた。どちらが選んでも同じ曲になるはずだったし、数秒後、鼓膜に流れ込んできたそのイントロはやはり、いのりが最も好きな曲だった。

もう何度再生したのだろうそのメロディを心に与えながら、二人は視線を重ね頷き合った。

それから水島美心に歩みよると、二人同時に手を差し出した。

きっと今、クラスのライングループで『亡霊』呼ばわりされていた彼女より、自分たちのほうがよっぽど、亡霊のような様相をしているだろうと、いのりは思った。

「水島さん、私たちの、どっちかの手を取ってくれない？」

音楽を聴いているときは、自分がこの世の主人公になった気がして、無敵状態になれる。やけに強気になりながら、いのりは言った。

明らかに美心は狼狽《うろた》えていた。酷なことを頼んでいると理解していた。けれど自分たちで、死の順番を選ぶことなどできなかった。

「時間ないから、はやく選びなよ」

背後から大神リサの嫌味な声がする。いのりは目を瞑った。きっと翠もそうしていただろう。

僕らは命に嫌われている。
軽々しく死にたいだとか
軽々しく命を見てる
僕らは命に嫌われている。

曲がサビに入る。今、二人の耳には同じ曲が流れている。だから、どちらが選ばれても、どちらの花が先に散ったとしても、二人の心は繋がったままだ。

七回目

星川 更紗　―　真杉 希子
根古屋 羽凜　―　鮫島 マーガレット 歌
大神 リサ　―　宵谷 弥生
曜日 螺良　―　瀬名 桜雪
金森 留津　―　二階堂 優
朝倉 花恋　―　小岩井 幸
佐伯 野土夏　―　中野 勝音
佐伯 日千夏　―　巴 玲香
水島 美心　―　六条 いのり

【失格】　井上 翠

残り十八人
残り二十九分

八

生き残るべき存在

出席番号5番　大神《おおかみ》リサ

リサが促したあと、水島美心は目を瞑った状態で、六条いのりの手を取った。

運命に任せたのだろうが、リサにしてみれば、美心がどっちを選ぼうがどうでもよかった。どうせ次で彼女も失格になることは、ほぼ決定しているのだから。

いのりもそれを理解しているのだろう。ワイヤレスイヤホンを嵌めて、音楽などを聴いている。最後の晩餐《ばんさん》ならぬ、最後の楽曲？

無駄に思考を巡らせていると、間もなくして、全ての花弁を失った井上翠が痙攣しはじめた。ははーん、今回は電流ときたか。心のなかでひとりごち、リサは机に頬杖をつきながら、翠の最期を眺めた。

「井上さん、逝っちゃった」

ついに動かなくなる。リサは退屈と言わんばかりに大きく欠伸をしながら呟いた。

「今回は偶数なので、待機する生徒を決めます。水島さんに投票する人は、手を挙げてください」

翠が死亡したあと、次の回が始まると、またすぐに金森留津が仕切りだす。

少しばかり秀才で、元生徒会長だからといって何の権限があるのか知らないが、このゲームが始まってからというもの偉そうに指図し続けている。

気に入らないと思いながらも、リサは手を挙げないことでしか反抗する術がなかった。今回のように偶数時は待機する生徒を決めなければならず、誰かにゲームを進行してもらう必要があったからだ。

そして今回も、予定調和のように、自分以外の手が挙がる。

「待機する生徒は、水島さんに決定しました」

お決まりとなってきたその台詞を、苦虫を嚙み潰したような表情で聞き流しながら、リサは思う。

――待機する生徒は、美心でなくともいいのではないかと。

冷静に考えて、順番に待機したほうが、誰にとっても、二人一組になれる確率が上がる。だが、最もスムーズにその順番を決められるだろうジャンケンで、待機する生徒を選ぶことはできない。規則では、投票に限られている。そうなれば、順番に待機するのは至難の業だ。保守的な層は『特定の生徒』が余らないように美心に票を入れるだろうし、切羽詰まった状態になれば、誰もが自分や友だちを優先するだろう。

リサは全員に届くような、大きな溜息を吐く。

四の五の言わず、全員が自分に投票してくれればどんなにいいだろう。というより、投票されるべきなのに――。

リサはその独りよがりな鬱憤を晴らすように、留津に歩み寄り、提案した。

「なあ会長、組むグループ交換しよ。さっき、ややこしいことになってからリサ、もう誰と組んだか、頭回らんねん。みんなもそのほうが、わかりやすいやろ?」

現状、一軍女子は二軍Bグループと組んでいる。それを生徒会メンバーと組んでいる、二軍A

グループに変えてほしいと頼んだのだ。

リサの呼びかけに、一軍女子たちが頷く。

「……そうですね、わかりました」

少し考えてから、留津も了承した。

「いいの、留津」

朝倉花恋が、心配そうに問いかける。

「うん、同じメンバーでローテーションするよりはいいと思う」

そのやり取りを監視しながら、リサはやはり留津に対して憤りを感じずにはいられなかった。

優等生の顔をして、ちゃっかり自分が生き残りたいのだ。

「てか会長って実は、おスズとグルなんちゃうの？　このゲームをやろうって言いだしたんもあんたやし、なんか臭う」

リサが投げかけた疑惑の言葉に、留津が静かに首を振る。その目つきはもう、以前のように自分に怯えてはいなかった。何なら、蔑むような視線にすら、リサは感じた。

「あのさ、その目、腹立つねんけど。言いたいことがあるなら、はっきり言えば？」

「別に、ありません」

「あるやろ。言えって」

「リサ。お願いだから、落ち着いて。グルなんて、そんなわけない。留津だって、こんなゲーム、やりたくないに決まってるよ！　自分が生き残れる保証もないのに……」

親友が責められているのを見かねたのだろう。花恋が割って入る。確かに彼女の言う通り、留津が生き残れる保証はどこにもなかった。

「じゃあ、グルじゃないって証明するために、これからは花恋が仕切ってや」

もはや八つ当たりでしかないと自覚しながらも、リサはそう言い放った。

「……わかった」

戸惑いながらも、花恋が頷く。

その瞬間リサはふっと肩の力が抜けるのを感じた。同時に気が付く。自分よりも格下の女に踊らされていたのが、たまらなくストレスだったのだと。

リサがこのクラスで、明らかに自分のほうが劣っていると思える相手は花恋だけだった。一年前の秋、花恋という存在は、リサの人生に衝撃を落とした。

——東京から転校してきた一軍女子。

それでこれほどまでに優れた容姿なのなら、憧れの藤田ニコルは、生で対面したらどんなに天使なのだろうか。

リサは中学の頃から、愛読している雑誌『Popteen』のモデルや、テレビタレントになりたいという夢を、密かに抱いていた。もちろんどちらも藤田ニコルの影響である。

だがどれほどファッションや化粧に気合いをいれて、河原町を歩いたところで、読者モデルにもなれそうになかった。まずスカウトなんていう存在がいないのだから。どう考えても、渋谷や原宿を歩くべきだった。リサは放課後、チェーンの不味い焼き肉店でアルバイトを始めた。旅費を貯めて、東京に出陣し、スカウトされに行く計画だった。

だが花恋が現れたあの日、リサの夢は、砂で作った城のように容赦なく崩れ去った。自分如きが原宿を歩いたところで無駄なのだと悟ってしまったからだ。きっと東京には、花恋のような洗練された女子がゴロゴロいて、藤田ニコルはそんな女子が集う一軍の中から選ばれた奇跡のような存在なのだと、思い知らされた。

「リサリサ、グループ変えてもらえてよかったね。でも、そんなに苛々しなくても大丈夫だってばよ。最後に生き残るのは、あたしたちなんだから」

宥《なだ》めるようにリサの肩を揉みながら、根古屋羽凜が耳元で囁く。

「そんなん、当たり前やろ」

リサは後ろを振り向き、余裕ぶって羽凜に笑いかけながら、心の中で唱える。

――お前は死ね。

初めから、リサにとって羽凜は、親友と呼ぶよりは悪友と言ったほうが正しい存在だった。

「更紗ってさ、可愛いのに彼氏作らんやん。あれさ、螺良のことマジで好きなんやろな」

「百」

「百やんなー」

その会話をしていた頃は、高校一年の夏が始まったばかりだった。放課後、毎日のようにサイゼリヤに行っては、誰かの陰口を言いあっている時間だけが二人の絆を深めていた。

「螺良は確かに王子様みたいにかっこいいけどさ、結局あれ、ついてないやん? 付き合ったとして、何が楽しいんやろ」

辛味チキンを食べながら、リサはぼやく。

女同士で付き合うことなど想像もできない。というのは本音だが、半分以上は自分が処女ではないことの示唆でもあった。処女は十四歳の段階で捨てた。学校一格好いいと評判の先輩だった。だから自分はこの教室の誰よりも大人で、女子として勝っているのだという感覚がリサにはあった。

「女同士って、どうやってすんのかなー」

「さあ。わからんけど、このままやと更紗、一生処女なんちゃう」

「螺良も処女やろ」

「それな」

「つかあたしらのクラス、悪いけどどうちら以外芋っぽいのばっかやし、処女ばっかりなんちゃう」

「あー、ね」

そして羽凜も、自分は処女ではない――リサと同じ位置にいるのだというアピールをしていた。

そう。あのときはまだ、リサのほうが羽凜よりも立場が上だったのだ。

リサは、公立高校に落ちた結果、滑り止めで受けていたこの私立八坂女子高校に入学した。同じく羽凜も。二人はもともと同じ中学に通っていたが、当時は顔見知り程度の仲だった。マンモス校だったためグループが幾つもあり、リサは一軍のギャル同士でつるんでいて、羽凜はそれなりの女子が集まった、そこまで派手ではないグループ――二軍の上層グループに属していた。

だから、二人が友だちとして絡み始めたのは、この高校に入ってからのことだ。

だがそれもリサにとっては、彼女が同じ中学出身ということと、他に目ぼしい生徒がいなかったから、自分の友だちとしただけだった。つまり羽凜がこの教室で、一軍女子として他の生徒から見られているのは、自分のおかげなのだとリサは自負していた。

学校におけるカーストというのは不思議と、誰かに決められるわけではないが、自動的に決まっている。そこに性格の良し悪しなどは全く関係ないことをリサは知っている。目立っているのか、目立っていないのか。それだけだ。そしてギャルであるリサは、否応なく目立った。ここ、京都の学校においては。

「そういえばあたし、YouTubeしてるねん」

半熟卵が載ったミラノ風ドリアを突っつきながら、羽凜が言った。

「え……なにそれ。ヒカキンみたいな？」

リサは混乱しながら訊いた。あまりにも唐突だったし、羽凜が動画を配信している姿など、想像もつかなかった。

「違う。もっと、ゆるい感じのやつ」

「へえー……そうなんや」

「チャンネルのリンク送るから、リサも見てよ」

「うん、帰ったら見るわ」

YouTubeなんてくだらない。あのときリサはそう思った。

絶対に人気なんてでないだろうと。だって羽凜は、自分よりも格下なのだから。

予想通り、送られてきたリンクに飛ぶと、羽凜が投稿している動画は全く再生されていなかった。変態のような男から、気色の悪いコメントが定期的についているくらいで、底辺YouTuber

もいいところだった。誰でも思いつきそうなゆるい企画に、初心者みたいな編集に、とってつけたような効果音。ゆるいというか、ただの日常を映したような退屈な動画。才能などないことはすぐわかった。

正直バカにして笑っていた。

――なのに、その夏の終わりだった。

『動画、いきなり死ぬほどバズったんだけど。うける』

羽凜から、そうラインが来た。

すぐにチャンネルを確認すると、一週間前に投稿された『女子高生の退屈な夏休み』という動画が二十万再生もされていた。普段リサも美容系のチャンネルを見ているから、一週間で二十万再生というのが、どれくらいすごいのかは調べずとも理解できた。それに羽凜の動画はいつも一日で三十再生とか、その程度だったのだから。

コメント欄には『かわいい』『何か癖になる』『このけだるい感じがたまんない』『この子、推したい』などと、特に男性からのコメントが多く書き込まれていた。

「マジくだらない」

リサはYouTubeを閉じ、思わず呟いた。

こんなくだらない動画を見て喜んでいる男どもは、なんてくだらないんだろう。

「ねえ、この動画見て。なんかバズってるんだけど、全然つまんなくない」

リサはその当時付き合っていた、大学生の彼氏に――夏休み中はほとんど、その彼の一人暮らしの部屋に入り浸っていた――羽凜の動画を見せた。つまらないと言ってほしかった。

「うーん、俺はわりと好きだけど」

「へえ……そうなんだ」

「男って、こういうの好きだよ」

「……ふーん」

確かにリサは、男が好む動画をこれまで見たことがなかった。もしこの子が自分の友だちなのだと言ったら、彼氏はどういう反応をするのだろう。気になりながらもリサは言わなかった。羽凜へのラインにも『すごい』という、パンダのダサいスタンプだけを返した。

――まあ、一回切りだろう。バズったのはただの運で、すごくもなんともない。

そう思っていたのに、羽凜の動画はその日を境に過去の数十再生だった動画ですら伸び始めた。

「リサリサ、おはよー」

それからというもの羽凜は、リサに対して、あからさまに気安く接するようになった。リサリサ等というふざけた綽名で呼ぶようになったのが、その始まりだった。以前までは、子分のように後をついてきて、胡麻を擂《す》るような返事ばかりしていたというのに。

二人でいるときは誰かの批判ばかりしていた仲なのだから、リサには羽凜の心境の変化が嫌でもわかった。

羽凜は確実に、自分を見下していると。

週一になった放課後のサイゼリヤで、羽凜がめっきりクラスメイトの陰口を言わなくなったのも、戦う土俵が変わったということを示していた。以来『うりん』の登録者は鰻登りだったのだから。

どうしようもない悔しさをぶつけることができないまま、リサは羽凜と友だちを続けた。

傍からどう見えていたかは知らない。だが二人の中で、立場はいつしか逆転していた。

決定的になったのは、リサがいつものように話した彼氏の愚痴を、彼女が鼻で笑ったことだった。理由はすぐに判明した。羽凜には、スペックの高い彼氏ができていたのだ。

「そうそう。彼氏できたこと、言ってなかったっけ。相手、東京住みだから遠距離だけど、なんかあたしのことめっちゃ好きみたいで、毎日寝落ち電話。付き合ってまだ一カ月だけど、もう話すことないってばよ」

確かそのときも、半熟卵の載ったミラノ風ドリアを突きながら、羽凜は惚気《のろけ》た。思えばいつも彼女は、アホの一つ覚えのようにそのメニューばかり食べていた。

「彼氏の写真とか、ないの」

ポップコーンシュリンプと、突然の惚気を呑み込めないまま、リサは訊いた。

「写真っていうか、相手もYouTubeやってるよ。これ」

羽凜が自慢げに見せてきたスマホ画面に映っていたのは、東方神起のチャンミンみたいな韓国風のイケメンだった。正直、リサのどタイプな顔面だった。登録者数は二十万人と表示されている。

「俺、フォロワー多いんだよね」

三カ月前から付き合い始めた大学生の彼氏が、自慢げにそう言っていたことをリサは思い出す。彼氏のインスタグラムのフォロワー数は約千人。それは九十八パーセントが相互フォローで、無駄に知り合いが多いだけだった。その彼氏とはバイト先の焼き肉店で出会った。出会いはいつも、バイト先か鴨川でのナンパだった。それも雰囲気イケメンの大学生ばかり。年上だから、三割増しで格好よく見えたのだ。

「へえ、イケメンだね」

「でしょ」

羽凜の華やかな近況報告を聞くたびに、羨ましいという思いが募った。

なぜこんなイケメンが、羽凜なんかを選んだのだろう。リサは悔しくて仕方がなかった。確かに羽凜はそこそこ人気のYouTuberなのかもしれないが、はっきり言って、自分よりビジュアルが優れているわけでもなく、胸が大きいわけでもない。登録者が増えるたび、奇抜なファッションで着飾るようにはなったが、それを剝げば、どこにでもいそうな女子だ。

「リサもはじめようかな、YouTube」

リサは言った。もし自分も人気YouTuberだったなら、羽凜ではなく、自分こそが選ばれていたはずだと、そう思った。

「え、マジ？　もし人気出たらコラボしよー」

うさぎ耳のカバーがついたスマホに視線を落としたまま、羽凜が半笑いで相槌を打つ。リサは、ドリンクバーで作ったカルピスとメロンソーダを混ぜたジュースを、調子に乗ったボブヘアにぶっかけたかった。完全に煽られていたからだ。

「マジ、死んでほしい」

サイゼリヤからの帰り道、一人になった瞬間、リサはそう道に吐き捨てた。

友だちのふりをして、心の底では自分をバカにしている羽凜のことが赦せなかった。

ますます激しくなる雨音が、教室の窓を叩き続けている。

誰かが開けた窓からは、雨水が吹き込んでいた。

「――でももし、あんたが先に死んだら、この動画、リサが配信してあげるから、安心して」

付け加えて、リサは言う。

それから撮影中のスマホを見据え、藤田ニコルのように、口元でピースサインを作った。

「頼むわ」

羽凜もレンズに向けて、にっこりと笑顔を作る。

はやくお互いが死ねばいいと感じていることは明白だった。このクラスの中で、生き残るべき存在は自分であると、羽凜は感じているだろう。彼女は今や、登録者三十万人の人気YouTuberなのだから。

すぐ傍まで、死が迫ってきたからだろう。涙を流しながら、倒れ込むいのりを見下しながら、リサは企んでいた。

羽凜の死を利用して、自分がその土俵に立つことを。彼氏さえも奪ってみせようと。

藤田ニコルにはなれなくとも、羽凜にならなれるに違いなかった。

そのために、なんとしてでも、リサは生き残るつもりだった。

どう考えても、生き残るべき存在は、人気者になるべきなのは、羽凜ではない――自分なのだから。

八回目

【待機】　水島 美心

星川 更紗　――　鮫島 マーガレット歌

根古屋 羽凜　――　真杉 希子

大神 リサ　――　瀬名 桜雪

曜日 螺良　――　宵谷 弥生

朝倉 花恋　――　二階堂 優

金森 留津　――　小岩井 幸

佐伯 野土夏　――　巴 玲香

佐伯 日千夏　――　中野 勝音

【失格】　六条 いのり

残り十七人

残り二十七分

九　二軍女子

出席番号9番　小岩井幸《こいわいゆき》

悲鳴のような風が鳴り始める。春の嵐、というやつだろうか。この異常な状況を盛り上げるのには、あまりにも出来すぎた天気だった。

ゲームが始まってから、わずか三十三分の間に十人ものクラスメイトが犠牲になった。

前回失格になった井上翠と同様に、激しく痙攣しながら死んでいった六条いのりのまだ温かそうな屍を前に、幸は息を呑む。

幸を含めた二軍上層に位置している女子たちの心の中には、前回までは、自分は確実に死なない——という安心感があった。

失格になる生徒が、ある程度が決まっていたからだ。

しかしここから先は、誰が死んでも不思議ではない。

「次は……えーと、奇数なので、待機の生徒はいません」

教壇では、朝倉花恋が教室の人数を確認しながら、たどたどしくゲームを仕切っている。

さっき、大神リサにそうするように促されたからだ。

残り時間を思えば、このクラスでは抜きんでて秀才である金森留津があのまま仕切ってくれるのがベストだったのに、なぜこんな異常時にすら、リサの言うことを聞き入れる必要があるのか——などと、考え始めたら負けだ。答えはただ一つ。従っていたほうが楽だから。そう思っているのは、たぶん自分だけではない。みんなもそうだろう。どうせ高らかに発言する権限など、中途半端な位置に属する生徒たちにはないのだから。

リサはまるで裸の王様のようだと幸は思う。一軍の間では知らないが、少なくとも二軍の女子はほとんど全員、彼女のことを嫌い、心の中で見下している。ただ目立っているだけの、下品な女だと。その評価は、本物の一軍女子である、朝倉花恋が転校してきた日から、より明確なものになった。

でも表面的にはみんなリサのことを敬っていて、それは亡霊扱いされ、誰からも無視されている三軍最下層の生徒である水島美心と、対照的だった。

だからある意味で美心は、目立っているといえる。クラスの誰もが、悪い意味ではあるが、美心のことを認識している。それに比べて自分は、容姿が悪くないだけで二軍に振り分けられた、美心よりも影の薄い、何の特徴もない生徒だと、幸は自覚していた。

そして自分が所属している二軍Bグループは、そういう生徒の掃き溜めであると。

「ねえ幸、これいったい、いつ終わるのかな……？　玲香、今日の夜、卒業のお祝いの食事会があるんだけど……」

この呑気なお嬢様である巴玲香だけを除いて。

自分が死ぬ可能性があるとは露ほども感じていない、緊迫感のない言動に、幸は愛想笑いをするしかなかった。

玲香は、端的にいえば天然だ。ドがつく。時折、天然ぶっているのだろうかと疑いたくなったが、それはお嬢様として過剰に甘やかされてきた故のバカさなのだということは、この三年間で履修した。苛立つこともあるが、その天然さのおかげで、二軍Bグループは成り立っている部分があった。

幸と、玲香。そして中野勝音と、二階堂優。

この四人が、グループとして集まるようになったのは、それぞれが教室のなかで居場所に飢えていて、ある程度傍にいて恥ずかしくない友だちを探していた。ただそれだけの理由だった。

書道部で培った友情を元手に結成された二軍Aグループとは違う、ただの二軍女子の寄せ集め。

学校にいるときは常に四人で行動していたが、そこに、本物の友情などはなかった。だから幸はグループに所属しながら、いつも退屈さを覚えていた。他のグループのように、話が盛り上がった記憶も、心から笑いあった記憶も、幸にはない。四人の共通点は、可もなく不可もない外見の他には、部活や委員会に入っていないことくらいだったし、自分を含めても、まず個々の性格が面白みに欠けていた。天然お嬢様である玲香だけはキャラが強かったが、それは面白さではなく、どちらかというと痛さだった。

でも、玲香がいなければ、このグループには誰かの中心となれるような生徒はいなかったし、あるはずのない友情を確かめるように、四人で遊ぶ日は、必ず彼女がみんなを誘った。

「ここ、玲香が払うねー」

その上、玲香はいつも羽振りがよかった。カラオケや食事代を、幸はほとんど払ったことがない。財布から出したのはプリクラ代くらいだろうか。それも撮影代四百円を四人で割るため、百円だった。

「パパからね、月十万までは使っていいって言われているんだけど、玲香、そんなに欲しいものもないし、てゆうか、何でも買ってもらえるから、使うとき、ないんだ。だから、みんなで使おう！　ねえ次、どこ行きたい？　リプトンで紅茶のパフェ食べる？」

使ってもいいと言われているだけで、使わなくてもいいはずだった。だからそれは玲香なりに習得した、友だちの作り方だったのかもしれない。

「そうだ。もう着ない服とか、使ってないバッグがあるんだけど、みんなこのあと、家に来ない？」

それほど食べたいというわけではなかったが――促されるままにリプトンで紅茶のパフェを頼み、完食したあと、玲香が言った。

「え、いいの？　ラッキー」

勝音が目を輝かせてはしゃぐ。

玲香は時々そんなふうに、気まぐれに服や鞄を譲ってくれた。中には高校生では到底買えないような、ハイブランドのものもあった。それだけが、この退屈なグループの特典だといえたかもしれない。

「これ、幸に似合いそう」

そう言って、玲香がくれたDiorのバッグを肩から下げると、幸はそれだけで、ただの二軍女子ではない、特別な人間になれた気がした。

体育の時間、幸は、優と二人一組になることが多かった。

優はこの二軍Bグループで、最も普通という言葉が似合う生徒だと、幸は感じていた。ただ黒髪が嫌だという理由だけで適度に髪を茶色くし、流行りのゆるキャラのグッズを集め、ラインではそのゆるキャラのスタンプばかり使い、いつも話にオチがなく、その上、バイト先の先輩とか、弟とか、グループの誰も直接会ったこともない人の話ばかりしている、心底つまらない女子。

しかし他のグループの生徒にとってみれば、自分も同じような印象であることはわかっていた。

「……優は、もう進路決めた？」

その日、二人一組になって準備体操をしながら、幸は何気なく訊いた。

「あたしは女子短大かなー。特に勉強したいこともないし、在学中にいい感じの彼氏見つけて、卒業と同時に結婚するのが、目標やねん。うち、はやく子供ほしいし」

優はそう答えて、笑っていた。幸は呆気にとられた。そんな普通そのものの人生を、心から望んでいる人もいるのだと。本当に、根からつまらない性格に生まれてきたのだと、羨ましくすらなった。

「幸は進路どうするん？」

悪意などなく、優が聞き返してくる。

「えっと、私は……まだ決めてなくて」

幸は答えた。自分が将来、何になりたいのか、わからなかった。

でも、優のように普通の人生を送ることを、第一希望にはしたくなかった。心のどこかで幸は、自分がつまらない背景のような人間であるということを、否定したかった。

といっても、芸能人になりたいとか、小説家になりたいとか、そういう特別な夢は、幸にはなかった。根古屋羽凜のように、YouTubeで自分を発信する勇気もない。目立つのが怖かったし、自己承認欲求みたいなものもあまりなかった。

だから、三軍女子のように容姿が悪いわけでもないのに、こんなに影が薄いのだろうと思う。

幸は二軍Bグループの中でいちばん口数が少なく、自分から話を振ることもない、胸中ではバカにしている玲香の痛さや、優のオチのない話に笑うしかできない、おとなしい人間だった。

「あの、小岩井幸さん、お願い。野土夏と二人一組になってください……！」

いのりが失格になったあと、ゲームが再開されてすぐにそう頼んできたのは、佐伯日千夏だった。

隣にいる優に頼んでもいいはずなのに、なぜか日千夏は自分にそう頭を下げた。

人生において、幸が何かに選ばれたのはそれが初めてだった。

幸は躊躇なくその手を取った。

「え、幸、なんで……？」

野土夏と二人一組になることで、優を見殺しにすることに、何の迷いもなかった。

「ごめん」

「ごめんって、幸のせいで、うち、余ってしまうんやで！」

地団太を踏み、制服の赤リボンを揺らしながら、優が声を荒らげる。

「うん、ごめん」

幸はいつもと変わらぬ口ぶりで淡々と謝りながら、心の中で、はじめて優のことを面白いと思った。優の死に何も感じない自分のことも。初めからこんなふうに感情のままに話せたら、つまらない人間なりに、もっと高校生活を楽しめたのかもしれない。

まだ、将来何になりたいかわからないまま、結局進路は、優と同じような短大に決まっていた。

これから生き延びて、大人になり、どこに所属したとしても、今と同じ、誰かの背景でしかない人生を送り続けるのだろうと幸は思う。

俯瞰的に見て、このクラスで、最も自分が生き残るべき存在だとは思わない。

でも、それでも、幸はただ、生き残りたかった。

九回目

星川 更紗 ― 宵谷 弥生
根古屋 羽凜 ― 瀬名 桜雪
大神リサ ― 真杉 希子
曜日 螺良 ― 鮫島マーガレット歌
朝倉 花恋 ― 巴 玲香
金森 留津 ― 中野 勝音
佐伯 野土夏 ― 小岩井 幸
佐伯 日千夏 ― 水島 美心

【失格】 二階堂優

残り十六人
残り二十四分

十

半分

出席番号10番　佐伯日千夏《さえきにちか》

小さい頃から、野土夏は自分がいないと何もできない子だった。人一倍怖がりで、ディズニーランドのホーンテッドマンションですら号泣するくらいに。

「野土夏、大丈夫だよ。日千夏がついてるからね」

励ましながら、日千夏は妹の背中を摩り続ける。

この最悪な授業が始まる前、大神リサに詰め寄られ、目の前で倒れた秋山はやはり死んだのだと悟った瞬間――過呼吸になってから、野土夏は一言も言葉を発していない。ゲームが始まってからは、さらにショッキングな光景が続いたせいで、体調もメンタルも、回復できないどころか、悪化している。日千夏の誘導によって、どうにかここまで生き残ってきたのだ。

前回、二階堂優が失格になったのは、小岩井幸に野土夏と手を繋いでくれと頼んだからだった。取捨選択をしたわけではなく、頼む相手は、優でも幸でも、どちらでもよかった。ただ野土夏が失格にならなければ、それでよかった。

気絶するように倒れ、口から少量の血を吐き、これまでのどの生徒よりも普通に死んだ優から目を逸らし、日千夏は天井を仰ぐ。

――日千夏は恐ろしい事実に気が付いていた。

おそらく現状で、その事実に気が付いているのは自分だけだった。

日千夏は前回、水島美心と二人一組になった。野土夏と美心を組ませる訳にはいかなかった。

なぜなら美心は『特定の生徒』だ。規則によれば、特定の生徒が失格になれば、特定の生徒以外全員が死ぬ。そして最後に生き残れるのは、二人。同じ人とは手を繋いではいけない。すなわちそれは、美心と手を取りあった時点で、もう生き残ることはできないことを意味していた。

つまり、日千夏がもう生き残る術はない。

そしてその事実に、野土夏も気が付いていない。

双子で生まれてくる確率は一パーセント。

百人が妊娠すれば、そのうちの一人が双子を出産することになる。一卵性の双子が生まれて来る確率はもっと低い。〇・四パーセント。

従って日千夏たちは、千分の四の確率で生まれたのだ。

「双子って、楽しいよね。自分が二人生きているみたいで」

野土夏はいつも双子であることに、喜びを感じていた。

「そうだね」

同じ顔で微笑み返しながらも、日千夏の本心は違った。

物心がついた時から、双子であることが哀しかった。世界にただ一人だけの自分ではないことが。

「日千夏、野土夏、洋服、買ってきたよー」

だが母も、我が子が双子として生まれてきたことを、誇りのように思っていた。産後ハイになってもいたのだろう。服を始め、なんでもかんでもお揃いのものを購入しては姉妹に分け与えた。美容院では当然、髪型を同じにするように注文され、美容師も何の疑問もなく、そのようにした。双子なのだからすべて一緒のほうがいいという認識は、親以外の人間でも共通事項なのだと、誰かからお揃いのプレゼントを受け取るたびに日千夏は学習した。

「日千夏と同じ人間みたいで、うれしい」

美容院の鏡越しに、野土夏はそう言って笑った。

「うん」

日千夏は到底、自分だけの自分が欲しいなどとは言えなかった。そんなことを言ったら、母は哀しみ、野土夏を傷つけるに決まっていた。だから、髪型も何もかもお揃いを纏い続けた。


「えーと……眼鏡をかけているから、日千夏だよね。これ先生から渡してって、頼まれて」

でもその結果、周囲には双子としてしか認識されないことが多かった。

中学に上がってからは、区別してもらうために日千夏が伊達《だて》メガネをかけるようになったものの、眼鏡を外せば、他人にとっては難易度の高い間違い探しのようなものだった。

そう。きっとこのクラスでも、完全に自分を日千夏だと認識できる生徒は、片手で数えられるほどだろう。少なくともあの性悪女——大神リサには無理に違いない。いつだって、野土夏のことも自分のことも、「双子」と呼ぶのだから。

双子と呼ばれるたび、日千夏は自分という存在を見失いそうになる。もしも双子でない、ただの自分として生まれたなら、もっと違う青春時代を過ごせたのだろうか。虚無感を覚えるたび、考えずにはいられなかった。

「次は偶数……なので、待機する生徒を決めます」

教卓の前で朝倉花恋がゲームを仕切る姿を、不安そうに金森留津が見守っている。

二人と同じ、生徒会に所属している日千夏は、転校生だった花恋と留津のあいだに友情が育まれる過程をすぐ傍で見てきた。要領の悪い花恋に留津が根気強く勉強を教えていたことも、問題が解けるようになるたび、二人がうれしそうに笑っていたことも、つい昨日のように思い出せる。

「待機してほしい生徒を指差してください」

続いて、花恋が指示を出す。

決まり事のようにリサ以外の生徒が水島美心を指さすなかで、日千夏はその指を野土夏に向けた。

――野土夏が生き残れますように。

自らの死が確定となった今、日千夏はそれだけを祈っていた。

「水島さんが、待機になります」

結果は、最初からわかっていた。ただ少しでも野土夏から死を遠ざけたかっただけだ。

今回も前回同様、一軍女子は二軍Aグループと、自分たち生徒会メンバーは二軍Bグループと組むことになるだろう。リサがまた我儘を言いださない限り、わざわざ組み替えるリスクを犯す必要はない。

「弥生《やよい》っち、来て！　あたしと繋いで！」早速そうリサがゴリ押しすると、

「うん！」と、宵谷《よいたに》弥生がよそ行きの声で答え、リサに駆け寄った。

そして、教室のあちこちで死のゲームが再開される。もう迷っている暇はない。

日千夏は、言葉をなくしたままの野土夏を連れて、留津と花恋の元へ歩み寄ると、素早く土下座をした。

「留津……花恋、お願い……。私はもういいから、野土夏を生き残らせて……！」

声を掠れさせながら、なりふり構わず日千夏は叫んだ。それは花恋と留津、二人のどちらかに死んでくださいと頼んでいるのと同意義だった。これまで何人の少女が踏みしめてきたのだろう、老朽化した木の床にぽとぽとと涙が落ちて、染み込んでいく。

妹のためとはいえ、心が苦しさで破れそうだった。だって彼女たちはこのクラスで唯一、はっきりと自分たちを、双子としてではない——日千夏と野土夏として接してくれている二人だった。

「日千夏……やめて、お願い……」

「そうだよ、顔をあげて。それに日千夏……日千夏はまだ」

留津が何かを言いかけたときだった。

「……日千夏、もういいよ。ありがとう」

野土夏がそう、口火を切った。それは、さっきまでの正気を失った様子とは打って変わって、穏やかな声色だった。

日千夏は立ち上がると、衝動に任せて野土夏の華奢な肩を両手で強く摑んだ。

「なんでそんなこと言うの！」

怒鳴らずにはいられなかった。前回日千夏は、野土夏を生き残らせるために死を覚悟して美心と手を繋いだのだ。言うまでもなく、野土夏のことを自分よりも大事に思っているから。なのに野土夏は——何もわかっていない。

「……ごめん」

日千夏と同じ焦げ茶色の、じわりと潤んだ瞳に、野土夏とそっくりな自分が映っている。

「……日千夏も、ごめん」

はっと我に返り、日千夏は野土夏の肩から両手を離した。

「ううん。でもね日千夏、野土夏は本当にもう、いいんだ。これ以上、生き残れなくていい」

「……なんで、なの」

双子ゆえに、いつだって以心伝心。野土夏の考えていることなど、日千夏にはお見通しだった。でも今ばかりは、野土夏が何を考えているのか、わからなかった。

「だって野土夏が死んでも、日千夏がいるでしょ。それはこの世界に野土夏がいるってことなんだよ」

「違うよ……。日千夏は野土夏じゃない」

「うん。日千夏にとっては、違ったかもしれないね。でも野土夏にとっては、日千夏と野土夏で、野土夏だったんだ」

魂が抜けていくように、日千夏はその場に座り込んだ。

——野土夏は、自分の気持ちに気が付いていたのだ。

だが考えてみればそれは、当然のことだった。だって——以心伝心だったのだから。

前兆もなく、誰かに手を繋がれたのはその直後だった。

「取り込み中ごめんやけど、時間、ないから」

そこそこの美人だが、名前の甲斐なく、幸の薄そうな顔を顰めて、幸が言った。前回、野土夏と組んでもらったのが仇となった。ほとんどの生徒にとって、野土夏とセット扱いになっているだろう自分はまだ、幸と二人一組になっていないのだから、こうなるのは必至だ。

刹那にして、嫌な予感が巡り、日千夏は後ろを振り返る。

花恋は二軍Bグループの中野勝音に、留津は同じく二軍Bグループの巴玲香に手を繋がれていた。

他人に構っていられる状況ではないことは理解している。自分だって前回、幸に頼むことで優が失格になることを気にも留めず、さっきも、花恋と留津に犠牲になってくれと土下座をした。もうみんな、生き残るために手段は選んでいられない。

でも、絶望せずにはいられなかった。

野土夏の胸の花が散り始めると同時に、日千夏は立ち上がり、繋がれたばかりの幸の手を振り払うと、その身体を抱きしめた。

「野土夏……いやや、野土夏、いや」

怖がりの野土夏。ショックなことが起きると、いつも過呼吸になった。私がいないと、どこにもいけなかった。

「日千夏、危ないから離れて」

――なのに、どうして、こんなときだけ、突き放すの。

「野土夏ね、ずっと日千夏みたいに、賢くなりたかった。日千夏みたいに、強くなりたかった。

そう。野土夏は生まれたときからずっと、日千夏になりたかったの」

日千夏を遠ざけるように後ずさりながら野土夏が笑顔で告げ終えると、最後の一枚が散った。

無慈悲にも野土夏のコサージュが爆発し、その上半身がバラバラになる。

ずっと……世界のただ一人だけの自分になってみたいと、思っていた。

なのに。野土夏が消えた世界で、日千夏は、世界にただ一人の自分にはなれなかった。

半分になった。

そして、取り返しのつかない罪を犯したことに気がついたのは、その肉片が降ってきたときだった。

……そう。

——日千夏は、野土夏とまだ、二人一組になっていない。

野土夏が口を開く前、留津はそう伝えようとしたのだ。

土下座をしたあのとき、その事実に気が付いていなかったのはきっと自分だけだった。

そして野土夏は、その言葉を遮ることで自ら犠牲になったのだと、日千夏にはわかった。

さらなる絶望が押し寄せ、立っていられなかった。

こんな初歩的なことに気が付くことができなかった理由は、ただ一つしかない。生まれたときから、野土夏は自分であり、自分は野土夏であったからだ。

十回目

【待機】　水島 美心

星川 更紗　―　瀬名 桜雪
根古屋 羽凜　―　宵谷 弥生
大神 リサ　―　鮫島 マーガレット歌
曜日 螺良　―　真杉 希子
朝倉 花恋　―　中野 勝音
金森 留津　―　巴 玲香
佐伯 日千夏　―　小岩井 幸

【失格】　佐伯 野土夏

残り十五人
残り二十一分

十一

無自覚の悪意

出席番号16番　中野勝音《なかのかつね》

教室の中央では、放心状態のまま、佐伯日千夏が血だまりのなかで項垂《うなだ》れている。

前回、彼女の妹——だったと記憶している——である佐伯野土夏が失格になったからだ。

自分と瓜二つの人間の身体が、目の前でバラバラになったら、いったいどんな心境に陥るのだろう。怖いもの見たさで、ぼんやりと想像しただけでも、勝音は背筋が凍った。

双子ではないが、勝音にも姉がいる。

だが、姉が太っているのもあるが、全くというほどに似ていない。外見だけでいえば、同じ二軍Bグループに属している、他人である巴玲香のほうが、自分に似ていた。

実際、二階堂優に「玲香と勝音って、雰囲気は違うけど、なんか似ているよね」と、言われたこともある。「わかる」と、小岩井幸も同調していた。

確かに、二人とも背丈が百六十五センチと高めで、黒髪のセミロング——ストレートヘアの勝音とは違い、玲香はいつもふんわりと巻いていたが——というのも共通していた。

しかし幸が「雰囲気が違う」と言ったのは、髪型のせいではなく、この貧しさのせいだと勝音はわかっていた。

はっきり言って、勝音の家は貧乏だった。だから玲香が、もう使わないからと気紛れで譲ってくれるブランド物の服や鞄が心底有難かった。メルカリで高く売れたし、お小遣いになったからだ。

そうやって得た臨時収入はいつも、彼氏に使った。

「いつも払ってもらって、ごめんな。俺、部活でバイトできひんからさ」

彼は野球部の練習が忙しく、月に一度しか会えなかったが、平安神宮を抜けた先にある、シンデレラ城を模したラブホテルのいちばん安い部屋で、二人で過ごすひと時が、勝音にとっては何にも代えがたい至福の時間だった。

二年前、優に誘われて男子校の学祭に行き、たこ焼きを売っていた彼に、お会計のとき「よかったら連絡して」とラインのＩＤが書かれたメモを渡され、秒で恋に落ちた。女子校で男に飢えていたのもあるが、顔がどストライクだった。

「うん、全然。あたしはバイトしてるし、気にしんといて」

勝音はコンビニとカラオケのバイトを掛け持ちしていた。卒業したら同棲しようよと彼が言ってくれた日から、その資金を貯めたくてほとんど毎日シフトに入っていた。陽当たりが悪く常に薄暗い実家を出て、ドラマに出てくるようなおしゃれな部屋で彼と暮らすことを想像すれば、ちっとも苦にはならなかった。


「中野さん。もう手、離そう。次の回が始まる」

金森留津に言われ、勝音ははっとして手を離した。

疲労からか、意識が飛んでいた。なんだか、ものすごく長い時間が経過したように思えた。朦朧《もう》朧《ろう》としながら時計を見遣ると、針は九時四十分を指している。ゲームが始まってから、四十分が経過した計算だ。それが長いのか、短いのか、勝音にはもうわからない。

「二人一組になったの、すごい久しぶりやね」

どこか自分を責めるような声色で留津が言う。

「そう……やっけ？」

留津と二人一組になった覚えが、勝音にはなかった。

「もしかして、中学の時……？」

こくりと、留津が頷く。

じゃあ、覚えていないのも仕方がない――と、勝音は思った。

留津とは同じ中学校に通っていた。すなわち、水島美心とも。

二年生の時はクラスも同じで、同じグループに属していた訳ではなかったが、普通にクラスメイトとして親しくしていた。留津はその頃から、いかにも学級長という感じの優等生だったが、美心は決して亡霊のような少女ではなかった。もっと、溌剌《はつらつ》とした生徒だった。

あの――壮絶ないじめが、始まるまでは。

今思い返しても、ぞっとする。あのいじめは見ているだけで、吐き気がするほどだった。だけど、主犯だった一軍女子は、美心が虫や異物を避けてお弁当を食べる姿を、心から楽しんでいた。勝音は、その一軍女子の取り巻きをしていたが、いじめには参加していない。見てみぬふりをしていた。可哀想だとは思っていたが、下手に庇《かば》って、自分が標的になるのが嫌だった。

あんな惨《むご》いいじめを受けたら、自分なら生きていけないと勝音は感じていた。

だから、一度でもいじめを止めようとした留津を、勝音は心からすごいと思う。

「あのさ……ゲームがはじまる前、先生が『無自覚の悪意』って言ったこと、覚えてる？」

やけに真剣な面持ちで、留津が問う。

「ああ……、うん」

本当は覚えていなかった。

「あれ……私たちのことやね」

「……え、なんで？」

留津の言っている意味が、勝音にはさっぱりわからなかった。

誰かに対して『悪意』など持ったことはない。

「だって私たち、この高校に来てからも、美心と、一度も二人一組にならなかったから」

「それは、他に友だちがいたから仕方なかったやん」

それに自分たちも、留津が所属する生徒会も、四人グループ《偶数》だったのだから。そんなことは、悪意でもなんでもない。

「……本当にそう思ってる？」

それはやはり、完全に自分を責めている声色だった。

「中野さんたちのグループって、本当の友だち同士やったん……？」

「何が言いたいの？」

「悪意がないって、時には悪意があるより、罪なことなのかもしれないって、そう思っただけ。突然ごめんね、じゃあ」

留津はそう言い捨てて、勝音に背を向けた。そのまま、花恋の元へと駆け寄っていく背中を見ながら、ふつふつと怒りがわき上がってくる。

――自分だって、美心のいじめに見てみぬふりをしていたくせに。

そう言い返してやりたかったが、追いかける元気はでなかった。

勝音は昨日、ほとんど眠れていなかった。

『ごめん。本気にしてると思ってへんかった』

昨夜、彼からそんなラインが届いたからだ。

『卒業したら、同棲したいって言ってたやん。いつ部屋探しに行く？』と訊いた返事が、それだった。

『本気じゃなかったん？』勝音はすぐ返信した。

『てゆうか、あんまり覚えてない』

乾いた笑いが出た。同棲しようと言われたのは、付き合いはじめてすぐの頃だった。あの時は、毎日連絡をくれて、毎週デートもしてくれた。奢《おご》ってもくれた。だけど半年も経てば、部活が忙しいと言われ、月に一度しか会えなくなり、お金も出し渋るようになった。自分が都合のいい存在に成り下がっていることに、気付いていた。他の女の子と繋がっていることも、知っていた。でもぜんぶ、見てみぬふりをしていた。同棲さえすれば、彼の愛が戻り、独り占めできると信じていた。まだ、信じている。

だから――こんなところでは、死ねない。


「今回は奇数なので、待機する生徒はいません」

言葉を詰まらせることなく、朝倉花恋が言う。

仕切るのに慣れてきたのだろうか。それともこの状況に、慣れてきたのかもしれない。ここまで生き残ってきた生徒たちにとって、いつしかこの異常さは普通になりつつあった。

勝音は深呼吸をした。これまでに味わったことのない死の臭いが体中に広がる。

前回で自分たち二軍Bグループは、生徒会メンバー全員と手を繋ぎ切った。

従って一軍女子たちも、二軍Aグループとはもう二人一組になれない。

「花恋、組もー」

大神リサが、指示を終えたばかりの花恋にアプローチする。

細かいことまでは覚えていないが、確かにこれまで一軍女子と生徒会メンバーは誰も、二人一組になっていない。

そして勝音たちはまだ、二軍Aグループと手を繋いでいなかった。

二軍Aグループの中の誰と手を繋ぐべきか……もっとも先に死にそうなのは……――勝音が考えていると、これまでと同様に玲香が訊ねてきた。

「ねえ勝音。玲香、次は誰と繋げばいいのかな？　もう、誰と二人一組になったのか、わかんなくなってきちゃったね」

しかし、勝音は聞こえないふりをして、

「ねえ、希子《きこ》ちゃん、二人一組になろう！」

二軍Aグループの真杉《ますぎ》希子に駆け寄ると、そう誘った。

「うん、なろう」

無事に希子と手を繋ぐ。

視界の端では、同じ二軍Bグループの小岩井幸も、既に希子と同じグループの瀬名桜雪《せなさゆき》と二人一組になっていた。

その後、残りの二軍Aグループの二人、宵谷弥生《よいたにやよい》と鮫島《さめじま》マーガレットが「歌《うた》、よく考えたらうちらまだ、手繋いでへんわ」「ほんまや、組もう」——急いで手を取りあった。

二軍Aグループは、グループ内で繋ぎ切る前に、他のグループと組んでいたらしい。だが、弥生の物言いからして、そういう作戦を立てていた訳ではないのだろう。勝音たちのグループは、もうグループ内では繋ぎ切っている。

すなわち、二階堂優が失格になり、勝音と幸がそれぞれ二軍Aグループの生徒と二人一組になった今、玲香が余っているということだ。

「わあ、どうしよう。どうしよう」

取り残された玲香は、きれいに巻かれた髪を掻きむしりながらパニックに陥っている。これまでは、グループの誰かが仕方がなく——主に優が——玲香に指示を出してあげていた。だがもうそうする余裕は勝音にも幸にもなかった。これ以上玲香が生き残ったとしても、自分たちに有利に働くことはないのだから。

しかし完全に見捨てたわけではない。玲香が生き残る術は、まだある。

美心と二人一組になればいいのだ。

「羽凜、ついに！『特定の生徒』と手を繋ぎますー！」

だが玲香が気付く前に、まだ余裕の表情の根古屋羽凜が、自分でセッティングしたスマホカメラに向かって高らかにそう宣言した。

そして、まるで感動的な場面を装うように、美心と羽凜が二人一組になった。

勝音の背後からは、無情な機械音が響き始める。それが、玲香の胸の花が散り始めた合図だということは、確認する必要もなかった。

「ねえ、どうしよう。玲香、食事会があるのに」

——玲香の天然はやっぱり本物だったのだな。

そのおめでたい性格にむしろ感動しながら勝音は、さっき留津に問われたことを思い出していた。

留津に指摘された通り、勝音は玲香のことを、本当の友だちだなんて思ったことは一度もなかった。ただの金の生る木でしかなかった。既に失格になった二階堂優以外にとっては、そうだっただろう。優は、何の面白みもなかったけれどいい子だったから。もしかしたら彼女だけは、このグループの友情を、本物だと思っていたかもしれない。

「ねえ、助けて」

玲香の声が聞こえる。それは自分に言っているのだとわかった。

だが勝音は、聞こえないふりをした。

十一回目

大神リサ　―　朝倉花恋
星川更紗　―　金森留津
曜日螺良　―　佐伯日千夏
宵谷弥生　―　鮫島マーガレット歌
真杉希子　―　中野勝音
瀬名桜雪　―　小岩井幸
根古屋羽凜　―　水島美心

【失格】　巴玲香

残り十四人
残り十八分

十二

希望

出席番号23番　真杉希子《ますぎきこ》

ついに一軍女子と特定の生徒が手を繋いだ。

それは絶対に、感動的な場面ではないはずなのに、どうしてか希子の心を揺るがせていた。

——無自覚の悪意。

ゲームが始まる前、先生が放ったその言葉が希子の脳裏を過る。

希子はこれまで、水島美心と手を繋がなかったことに罪悪感を覚えたことはなかった。自分には繋ぐべき相手がいたし、友だちがいない者が余るのは、仕方がないことだと思っていた。

だがそれは、本当にそうだったのだろうか。本当に、仕方がなかったのだろうか。根古屋羽凜と美心が二人一組になったことが、特別な出来事に感じるくらい、感覚が麻痺していただけなのではないか。

希子は美心と話したことはない。話そうと思ったことも。彼女が本当はどんな子なのかも知らない。知ろうとしたことすらない。クラスのライングループで『亡霊ちゃん』と呼ばれていたから、そのイメージだけで彼女のことを見ていた。それに実際、彼女は亡霊のようだった。だから書道部内でも彼女の話題が上るとき、全員が美心のことを『亡霊ちゃん』と呼んでいた。悪意はなかった。いじめているつもりも。ただ、一軍女子の誰かがつけた綽名を呼んでいたに過ぎなかった。

それでも希子は、自分が恐ろしい人間のように感じ始めていた。

だって美心の立場になれば、それが——悪意以外の何に思えるだろうか。

「えっと……今回は偶数なので……」

ゲームを進行する朝倉花恋の声に、疲労がにじみ出ている。

こうして参加しているだけでも息が詰まりそうになるのに、このような死を招くゲームを仕切るのは、それの倍以上も、体力と精神力が削られるだろう。

「花恋、ちょっと疲れてきたんじゃない？　ねえ、もう仕切らなくていいよ。今回も、待機するのは、水島さんでいいよ。万が一、この子が失格になったら困るし。みんなもそれでいいよねー？」

それをフォローするかのように、羽凜が言った。

大神リサ以外の全員が頷く。『特定の生徒』が失格になれば、他に誰も生き残ることができない。残り時間が十八分しかないことを考慮すれば、美心以外を待機させるとして、誰にするかを決めている暇はなかった。投票制という縛りがある以上、言い争いが生まれるだけなのも目に見えている。

「じゃあ、時間もないし、二人一組になってくださーい！」

自身のスマホカメラに向かって、手を振りながら羽凜が告げる。ゲームを録画しているのだ。

こんな状況さえも、承認欲求のために利用するなんて、どうかしている。希子は軽蔑の視線を、羽凜に送る。

そういえば……美心を『亡霊ちゃん』と言いだしたのは、彼女ではなかっただろうか。

希子はおぼろげな記憶を辿りながら、周囲を見回す。

前回で、クラスの人数はおおよそ半分になった。

二人一組のパターンも限られてきている。

あと自分は、誰と組むことができるのだろう。誰と手を繋ぎ、誰と繋いでいないのだろう。

希子はほとんど錯乱状態にあった。

もしかしたら、次に死ぬのは自分かもしれない……。

「希子、しゃんとしんさい」

クラスメイトたちの息遣いと、猛烈な春の嵐が吹きすさぶ鼓膜の上に、母の声が重なる。

「あんた、そんな根性なしじゃ、この世の中、生きていけませんよ。卒業したら、舞妓になるんやからね。ほんまは中学卒業したらっていうてたのに、成績悪いんに、女子高生になりたいって、わざわざ私立の高校行かしてやったんやから、ほんまちゃんと勉強しなさいや。うちはな、中学卒業してすぐに舞妓になって、二十歳で芸妓になって、こうして置屋を持つまでに、ものすごい努力したんよ。あんたはいつまで子供でいはるつもり？」

今まで叱られてきたことの総集編のような母の幻覚に、希子は眩暈がして倒れそうだった。

「希子、私たち、まだ繋いでない」

意識を失いかけたとき、同じ書道部に属している瀬名桜雪が、希子に手を伸ばして言った。

希子は何も考えられないまま、迷わずにその手を取った。

気がつけばクラスメイト達はそれぞれ二人一組になり終えていた。

希子は再び周囲を見渡す。

今回は誰が余ったのか、確かめなければと思ったのだ。

そして余った生徒と目があった瞬間、疲れ切った心臓がどくんと飛び跳ねるのがわかった。

「なあ希子、やっぱり祇園には、希望なんてなかったな」

そう言って、宵谷弥生がいつものように皮肉な笑みを浮かべる。

彼女は希子の親友であり——同士だった。


書道部の部室に入った瞬間はいつも、ふわりと墨の匂いが鼻先を掠める。その匂いを嗅ぐのが、希子は好きだった。

「今年の大会、曲の候補、決めとかへん？」

部長である、鮫島マーガレット歌が、部員に問いかける。三年生が卒業し、一年生もまだいない、二年生になったばかりの春だった。

歌はフランス人と日本人のハーフであり、最初希子は、西洋の血が濃く現れたその容姿に緊張したが、交流してみれば自分と同じ京都弁を話す普通の女子高生だった。なんなら書道部でも断トツで字が上手く、上手いだけではなく、心から書を愛しているのがわかる字だった。

そして歌の提案で、毎年、書道パフォーマンス甲子園という大会——部員全員で大きな半紙に、音楽に乗せて、パフォーマンスをしながら文字を書く——に出場するべく奮闘していたが、強豪校を押しのけて本選に出るのは至難の業であり、予選を通過したことはなかった。それでも練習して、大会に送るための演技動画を撮影するだけでも、楽しく有意義な大会だった。

「うち、西野カナの『Best Friend』がいい！」

手を高く挙げ、桜雪が言う。

ブルーがかかった歌の瞳とは対象的な、真っ黒な瞳を湛える彼女は京美人という言葉がよく似合うのだが、内面にその片鱗は一ミリもなく、誰よりもミーハーで、流行っているものが好きで、彼氏もころころと変わり、そのギャップが希子は面白かった。

「それ、あんたが西野カナ好きなだけやん。却下」

宵谷弥生が容赦なく突っ込む。

弥生からは、どことなく昭和の不良っぽさが漂っている。意図的にスカートを長くしているからだろうか。それとも髪型が少し古いからだろうか。どちらにせよ、それによってバカにされているところは見たことがなく、むしろそのスタイルこそが彼女のファッションだと周囲に捉えられているのは、弥生が整った顔立ちをしているからに違いなかった。

加えて、初期は面食らっていた誰にも媚びることのないその辛口な物言いを、今では部員全員が求めていた。

「えー。カナやんの曲でやりたいー」

「書道は推し活とちゃうねん。つか、去年『トリセツ』でやったやろが。西野カナのせいちゃうけど、あれ、言ったら悪いけど、絶対選曲ミスやったやろ」

「だって、書道で『トリセツ』書いたら面白いかなーって。二年連続でもいいやんー」

「とにかくあかん」

桜雪と弥生が言いあっているのを、呆れながら眺めていた歌が、やれやれと言わんばかりに希子のほうを振り返って訊いた。

「希子は、曲の希望ある？」

希子の耳には、一ヵ月ほど前からあるメロディが流れ続けていた。

「懐メロなんやけど……店でお客さんが歌ってて、はじめてめっちゃいいなと思った曲があって」

「へー。希子が客の歌を褒めるなんて、珍しいな。どんな曲？」

食い気味に、弥生が訊く。

「サザンの曲なんやけど、YouTubeで流すわ」

希子は制服のスカートのポケットからスマホを取り出して、サザンオールスターズが演奏するその曲を再生した。

「……うん、いいかも。明るい曲調やのに、感動するっていうか」

曲が終わり、歌がすぐに感想を述べてくれる。

「確かになんかこう、ぐっときたわ」

弥生も頷いている。

「『Best Friend』のほうがいいとは思うけど、確かにいい。なんて曲名？」

不服そうに口を尖らせながらも、前向きな声で桜雪が訊ねる。

「『希望の轍《わだち》』」

みんなの好感触な反応にほっと胸を撫でおろしながら、希子は答えた。

「希望か……」

しみじみとそう呟く弥生の傍らで、希子はぼんやりと思い出す。

「希子って名前はね、お父さんがつけたんよ。希望を持った子になるようにって」

十三詣《まい》りの日、嵐山《あらしやま》の渡月橋《とげつきよう》を振り返らずに渡り切ったあと、母がそう教えてくれたことを。

希子の父は、元々は母の太客で、結婚時、母が二十五歳だったのに対し、父は既に五十五歳だった。正直希子は、父のことを父として認識したことはなかった。十年前、希子が八歳の時に持病が悪化して亡くなったときも、おじいちゃんが死んだと、そういうふうに思った。父が希子を、娘というよりかは、孫のように甘やかしていたのも、要因の一つだった。父は再婚で、希子より二十も年上の息子がいたからだ。そう。父は母のために、家庭を捨てたのだ。

つまり——父が夜に呑まれたから生まれた罪深き私に、なぜ希望など託したのだろう。

「もう一回、流して」

「うん」

考えていると、歌が言った。

希子はもう一度、再生した。曲を聴きながら、きっと彼女は書の構成を考えているのだと、希子にはわかった。


「今年の曲、決まってよかったな。あれ、いい曲やわ」

その夜、円山《まるやま》公園の枝垂桜《しだれざくら》の下で弥生が口ずさむ。

「やろ。でも希望ってさ、よく歌に出てくるけど、みんな持ってるもんなんかな」

まだ四月に入って二週間も経たないというのに、すべての花弁が散ってしまった枝垂桜の姿に侘しさを覚えながら、希子はこぼした。

「わからん」

間髪を容れずに弥生が答える。安堵から、希子は笑った。

「なんかさ、親が水商売ってだけでさ、希望なくなるよな。全体的に」

「それな」

夜空を、指で作ったピストルで撃つように指さして、弥生が頷く。

弥生の母はママをしていて、祇園の雑居ビルの五階に小さな店を持ち、弥生はお小遣いを貰う代わりに毎日のように店の手伝いをさせられていた。

高校生のため、十時になると店を上がり、纏わりついた煙草と酒とおっさんのにおいを祓《はら》うように、八坂神社の境内を散歩しつつ、ここ円山公園に辿りつき、枝垂桜の下でぼうっとするのが彼女の習慣で、希子がその光景に出会ったのは、一年生の夏、母に厳しく叱られ家を衝動的に飛びだした夜のことだった。

「どしたん」

涙と鼻水で顔がぐしゃぐしゃになっている希子を前に、弥生は言った。

「……家出した」

垂らしたままだった鼻水をずびっと啜りながら希子は答える。

「え、うける」弥生は笑った。爆笑だった。

さっきまで死んでやろうと思っていたくらい、希子にとってその日母とした喧嘩は史上最低なものだった。でも内容を愚痴るたびに、弥生が手を叩いて笑い飛ばしてくれたから、次第に何でもないことのように思えた。自分が悪かったのかもしれないとさえ。

それからというもの、夜遅くの時間、この枝垂桜の下に集まり、馬鹿話をするのが二人の習慣になった。

「希望って、どうやったら生まれるんやろう」

「少なくとも、祇園では生まれへんな」

「確かに。何の話しても、金のにおいが漂ってるし」

「金なんてシャボン玉やのにな。うち、毎日三千円貰ってんのに、毎日なくなるもん」

「男なんてシャボン玉みたいな言うなし。ほんで使いすぎ」

「まあ、使いすぎなんは認めるけど。男も金も、同じみたいなもんやん」

「確かに、同じみたいなもんや」

昼間に男が稼いできた金が、祇園の夜に流れていく。そして夜の出来事は、朝になれば、シャボン玉みたいに弾けてなくなるひと時の夢だ。

「男と女って、どっちがアホやと思う」

弥生が訊く。

どこかで発情した雌猫が鳴いている。

「そら、男やろ」

希子は言った。女も大概アホやと思うが、その女と飲むために大金を払う男のほうがアホに決まっていた。

「じゃあ、生まれ変わったら、男と女、どっちになりたい」

また弥生が訊く。

「それは、女」

希子は即答した。

「なんで」

「だって女のほうが、絶対に楽やもん」

その気になれば、働かずとも、男に寄生して生きていくことができるのだから。でもそれは、男も同じなのだろうか。母を見て育ったが故の、偏った意見なのかもしれない。考えながら希子は訊き返した。

「弥生は？」

「うーん……うちは、死ぬ前になってみんと、わからんな」

「なんやそれ」

「だって女として、まだ十七年しか生きてないからな。てかさっき、中学んときの友だちに男紹介されてんけど、どう思う？」

言いながら弥生はラインのトーク画面を開き、希子の知らない彼女の友だちから送られてきた画像を、向けた。

「……セイキンに似てるなって思う」

「うちも思った」

「でもうち、セイキン嫌いちゃうで。むしろ好み」

「あ、マジで。うちも。趣味あうな」

「で、付き合う感じ？」

「うーん、それはない。うち、ビジュアル系が好きやから」

「ゴールデンボンバー的な？」

「『女々しくて』は何年経っても最高やからな。あ、来年『女々しくて』でやりたいって言おう」

「桜雪、ぶち切れそう」

笑い声が祇園の夜に溶けていく。

夜のなかでする会話は、何もかもが面白くて、でも翌朝になれば、何が面白かったのか忘れてしまう。祇園の夜の出来事はぜんぶ、シャボン玉のように、弾けて消えてしまう。けれど弥生と過ごす無意味な夜が、希子は好きだった。友だちに紹介された、しょうもない男と過ごす時間よりも、何倍も。


春の終わりを告げる桜のように、弥生の胸のコサージュから、ひらひらと花びらが散り始める。

「……なあ希子、知ってる？　最初に咲いた桜は、最後のつぼみが花になるまで散らずに待ってるらしい。『友を待つ桜』って言うんやって、昨日お客さんが話してた。九割九分、しょうもない武勇伝ばっかりやったけど、たまにいいこと知ってるよな、おっさんって」

枝垂桜の下にいるように、いつもの調子で弥生が話し出す。

「それな」

いつもの希子ならば、そう答えていた。だがいまは涙に埋もれて声が出ない。

「希子……うちさ、あれからわりと考えててんけど、生まれ変わったらやっぱり女になりたいわ。それで希子と、男の悪口、言いたい」

弥生が言い放ったそのとき、未来を予告するかのように、後ろの黒板から『希望』の文字が剥がれ落ちた。それは弥生が練習で書いたもので、希子が勝手に貼ったのだ。

結局一度も、本選には行けなかった。最後の年は、もはや開き直って『女々しくて』で撮影したのはいい思い出だ。きっと、結果は、どうでもよかった。いや、どうでもよくはなかったが、それ以上に全員で文字を書くということに、意味があった。

ああ、もしかしたら、あのとき抱いていた感情こそが、希望だったのかもしれないと希子は思った。

「だから希子も、女に生まれ変わってや」

弥生の胸から、最後の花びらが落ちると、突如コサージュから火柱が立ち昇った。

悲鳴と共に、炎に包まれていく弥生の身体が、真っ黒に焼け焦げていく。それはまるで二人の笑い声が溶けた祇園の夜に、呑まれるように。

十二回目

【待機】　水島 美心

大神 リサ　―　小岩井 幸
根古屋 羽凜　―　佐伯 日千夏
星川 更紗　―　朝倉 花恋
曜日 螺良　―　金森 留津
瀬名 桜雪　―　真杉 希子
中野 勝音　―　鮫島 マーガレット歌

【失格】　宵谷 弥生

残り十三人
残り十六分

十三

本当の友だち

出席番号12番　鮫島《さめじま》マーガレット歌《うた》

「弥生……いや、いやや。こんなん、無理。マジで、無理やねんけど……」

炎に呑まれ、皮膚の表面が炭化した宵谷弥生の傍で、真杉希子が顔をぐしゃぐしゃにして泣き崩れている。歌の心にも、この三年間、部活動を共にしてきた弥生との思い出が蘇る。このゲームで誰かの死に対してはじめて涙が溢れた。希子の背中を摩りながら、瀬名桜雪も、しゃくり泣いている。

その最中、友の死を悲嘆する書道部メンバーの様子を映しながら、根古屋羽凜が実況を始める。

「わあ、すごい！　ついに焼かれて死ぬ子がでました！　いったいどういう仕掛けになっているのでしょう！　ものすごい臭いです！　そしてゲームの残り時間は十六分。残り人数は十三人！　いよいよ半数以下になりました！」

・人数が半数以下になったら必ず「二人一組になってください」の掛け声で始めてください
（破った場合、その回は無効になります）

「規則によれば、今回からは掛け声が必須になるようです。さあ、今回は誰が失格になるのでしょうか！　ではでは、今回は奇数なので、さっそく二人一組になってくださーい！」

下品な実況に怒りが込みあげるが、自分が生き残ることが決定しているかのような、テンションの高さに圧倒されて、歌は何も言えなかった。脳みそを金槌で叩かれているような酷い頭痛が襲う。

――二人一組になってください。体育の時間に、幾度となく聞いてきたその言葉は今、呪いのように響いた。

自分はあと……誰と組めるのだろう。痛みで倒れそうになりながらも、歌は残りの生徒を見渡す。

自分がまだ二人一組になっていないと確信できたのは、二軍Bグループの小岩井幸と、水島美心だけだった。

幸が誰と組んでいたかは覚えていないが、美心は前々回、羽凜と二人一組になっていた。二人が手を繋いだ瞬間、歌は言いようのない感情に囚われた。

記憶が正しければ――美心のことを『亡霊ちゃん』と呼び始めたのは羽凜だったはずだ。

『クラスのライングループなんで、好きに使ってくださーい。あ、でも、全員のIDは訊いてないんで、全員は招待できてませんｗ　亡霊ちゃんとかー』

最初に、そう茶化したようなラインが来たことを覚えている。そしてクラスのライングループといいながら、招待されていたのは二十人。メンバーを確認すると、いわゆる三軍女子たちは招待されていなかった。あのとき、美心のことを『亡霊ちゃん』と称したことにも、三軍女子がいないことに対しても、歌は何の疑問も抱かなかった。いじめなどではない、ただの自然な成り行きだと思った。水島さんと呼ぶより「亡霊ちゃん」のほうがしっくりきたし、愛嬌が生まれたようにさえ感じた。三軍女子たちは、良くも悪くも、二軍や一軍の生徒とは違うオーラを纏っていたし、話している内容も自分たちとは違う次元のことだった。それは三軍の生徒にしても、そうだったはずだ。たとえば、三軍女子には彼氏がいる様子はなかったし、喋り方ひとつとっても、何か根本的に違った。

でもそういうことの一つ一つが、もしかしたら鈴田先生が言ったように――無自覚の悪意によるものだったのだろうか。一人ひとりの意識の低さが、見えない『いじめ』を引き起こしていたのだろうか。たとえばもし裏で自分が『外国人ちゃん』と呼ばれていたら、それを愛嬌だとは感じられなかっただろう。いじめられているとすら、思ったかもしれない。

誰も話してくれさえしないのなら、なおさら。

歌は今さらになって、心の中で懺悔《ざんげ》せずにはいられなかった。もし幸と組めなかったら、『亡霊ちゃん』と呼んでいた自分が、美心と組む権利はないと感じた。

「お前、マーガレットって名前についてるけど、外国人なん」

小学生の頃、クラスメイトのことごとくにそう訊ねられた記憶が歌にはある。

フランス人の母と日本人の父の間に、歌は生まれた。従って半分ずつ血が混じっているはずなのに、どの角度から見ても歌は母に似ていた。色白で、目鼻立ちがはっきりしていて、瞳の色素も薄くブルーがかっていて、髪も染めていないのに明るい。

「日本人やけど」

歌は生まれた時から日本にいて、京都で育った。だから日本人であると同時に、京都の人間だという自覚さえ歌にはあった。だからこそ、海外からの観光客に間違われたりすると憤りを感じた。鏡を見るたびに、落ち込んだりもした。

「うそつけ。そんな目の青い日本人、いるわけないやろ」

小学生の男子たちは、何の躊躇もなくそういう言葉を歌に投げつけた。

「そういうこと言うの、やめなよ」

と、女子は味方をしてくれたが、仲間にいれてもらえることはなかった。

心はこんなにも日本人なのに、外国人扱いされることを、何度父に泣きついたかわからない。

歌は人一倍、日本という国が好きだった。たぶんそれは、違う国を知っているからこそ。

お正月は日本で過ごす代わりに、クリスマス——ノエルにはいつも、母に連れられてフランスに帰省した。ノエルの時期、パリの街にはイルミネーションが施され、シャンゼリゼ通りはその一帯が宝石のようだった。本場で食べる、切り株の形をしたケーキ、ブッシュドノエルはチョコレートの味が濃厚で口のなかが幸せで満たされた。パリに行くのは、歌にとって年に一度の楽しみだった。

けれどやはり、住み続けたいと思うのは日本だった。日本の料理や、日本の文化を歌は愛していた。

でも歌が日本に対してそう思うように、母は母国を愛していた。内心、フランスに帰りたいのだろうということも感じていた。だからこそ、母に泣きつくことはできなかったし、歌の名前をミドルネームつきで、学校に届けを出すことにも文句は言えなかった。

歌が日本を好きな理由に、文字があった。

ひらがな、カタカナ、漢字。そのすべてが、歌には素晴らしいアートのように見えた。小さい頃から、暇があれば夢中で字を書いていた。

「うわあ！　字、めっちゃ上手だね！」

中学に上がり、そんなふうにオーバーリアクションで話しかけてきてくれたのが、隣の席になった桜雪だった。

中学生になってもどうせ除け者にされる。色物にしか見られない。『外国人』だから。

歌は普通の青春を送ることを、心のどこかで諦めていた。でも桜雪が、日本にもパリにもない、友だちとしか見ることのできない景色を——見せてくれたのだ。

「歌、カラオケいこ」

そして誰もが歌のことをミドルネームのマーガレットとして見ているなか、桜雪だけが歌として接してくれた。

「うん」

放課後、桜雪に誘われてよく二人でカラオケに行った。河原町の蛸薬師《たこやくし》にあるスーパージャンカラが二人の行きつけだった。桜雪は飽きもせずに西野カナの曲ばかりを予約していた。相当歌い込んでいるのだろう、どの曲もモノマネ番組に出られるのではないかと思うくらい、上手だった。

「小学生の頃から、カナやん推してるねん」

歌はそれまで西野カナにそれほど思い入れがなかった。けれど桜雪の熱心な布教により、だんだんと好きになって、気が付けば、桜雪に連れられて二人でコンサートに行くのが定番にすらなっていた。

――そう。つい一ヵ月前も、二人で新幹線に乗り、横浜アリーナまで行ったのだ。

それは西野カナの無期限活動休止前のラストライブで、ものすごい倍率の中で当たったチケットだった。

しかし、歌と桜雪は生憎《あいにく》、その日を最悪といえる心境で迎えることになった。

「二人そろって、ライブの前日に彼氏にふられるとか、ある……？」

「逆に……奇跡やんな」

歌は一年間付き合った同い年の彼氏に「他に好きな人ができた」という理由できっぱり振られ、桜雪は三ヵ月前に一目惚れで猛アタックして交際に至った年下の彼氏に「やっぱり重い」と言われ、振られた。新幹線のなか、泣きそうになるのを堪えて、どうにか笑い話に変えるしかなかった。

桜雪はその年下の彼氏で四人目だったが、歌にとっては初めての彼氏であったがゆえに、初めての失恋だった。だからと言って、桜雪より自分のほうが辛いとは思わないが、美味しそうに駅弁を頬張る桜雪に対し、歌は大好物の卵焼きさえも喉を通らず、心が張り裂けそうだった。こんなに苦しい思いをするのなら、もう恋なんてしたくないと、本気で思った。

ライブ中は、恋愛をテーマにした歌が多いのも相まって、自分を好きでいてくれた頃の彼氏の笑顔を思い出しては、平成の歌姫の名に相応しい美しい生歌に、我慢していた涙が止まらなくなった。

桜雪は隣で、彼氏に振られたことなど記憶の彼方にあるように、彼女の名と、大好きという思いを叫び続けていた。その声に感化されるように、歌も終盤になるにつれて、ライブに没頭していった。

そして、最後の曲のイントロが流れてきた瞬間——二人の心は何も言いあわなくても一つになった。どちらからともなく、そっと手を繋ぎ合う。

どんな時も祈っているよ
世界で一番に幸せになってほしい
ありがとう
君がいてくれて本当よかったよ
どんな時だっていつも笑っていられる
例えば、離れていても　何年経っても
ずっと変わらないでしょ
私たちBest Friend

それは二人で何度も一緒に歌った曲だった。

力強くも透き通る歌声と、親友を想って書かれた歌詞に号泣しながら、歌はあのとき、西野カナでも彼氏でもなく、桜雪のことだけを想っていた。桜雪に出会えたことを——あの日、きれいな字だと褒めてくれたことを思い返して、泣いていた。

「……待って。羽凜、組む人、いないんだけど」

スマホカメラに向かってではなく、羽凜が言った。

確か、ゲーム前半にも、同じような台詞を大神リサが放っていた。

羽凜がこれまで誰と手を繋いだのか、歌は把握していない。だが一軍女子は、生徒会メンバー以外とは、ほぼ二人一組になっているはずだった。

現状二人一組になっているのは、星川更紗と、佐伯日千夏。

曜日螺良と、朝倉花恋。

そして――大神リサと、金森留津。

「え、会長嘘でしょ。なんでリサなんかと、手繋いじゃってんの！　頭おかしくなった？」

リサと二人一組になった留津に対して、羽凜がそう責め寄る気持ちは歌にも理解できた。だって留津はあれほど、リサに敵視され続けていたのだから。

「なんでって、友だちだからだけど」

留津ではなく、リサがその手を握りしめて答える。

「は？　友だちなわけないっしょ。さっきまで会長のこと、目の敵にしてたくせによ」

もはや撮影していることを忘れているのだろう、攻撃的に羽凜が唸る。

「表では親友とか言って、裏では大嫌いってことも、あるやろ」

リサが放ったそれが、羽凜に向けられた言葉であることが歌にはわかった。

普通口が裂けても、本当の友だちにそんなことは言わない。

つまりリサは羽凜が嫌いで、今回羽凜が余るように仕掛けたのだ。もしかしたらずっとその機会を狙っていたのかもしれない。

「おい、マジでふざけんなよ？　リサ。あんたとあたしじゃ、人間としての価値が違うって、わかってる？　あんたは一般人。ただの冴えない一般人。あたしは三十万人登録者がいるインフルエンサー。あたしが紹介した商品は飛ぶように売れる。あんたが紹介しても売れない。何の経済効果もない。嫌われ者のあんたが死んだら哀しむのは親くらい。でもあたしが死んだら、少なくとも三十万人のファンが悲しむの。生き残るべき存在がどっちかくらい、わかるよね？」

憤りながらまくし立てる羽凜を煽るように、リサがふっと笑う。

「でもあんたは——今から死ぬよ」

「死ぬわけないやろ」

「死ぬんだって。大丈夫。後はリサが配信しとくから」

「あんたにできるわけないから」

「あんたにできることが、リサにできないわけない」

怒りが頂点に達したのだろう、猫が威嚇《いかく》時に放つような奇声を上げたあとで、羽凜が机を蹴とばす。中からは藤田ニコルが表紙を飾っている雑誌が飛び出す。説明するまでもなく、リサの机だった。

「……ねえ、最初からこうなるの、狙ってたわけ？」

「あんただって、リサが死ぬの、待ってたやろ。それにあの時、適当に繋いだって言ってたんも、嘘やろ。あたしを殺したかったから、そのバカな頭で、一生懸命考えて、ああなったんやろ？」

「うん！　羽凜は、リサリサのことが、大嫌いだったからね！」

完璧に作った笑顔を浮かべ、妙な可愛さを演出しながら、羽凜が言い切る。

歌はショックだった。二人はいつも仲が良さそうで、本当の友だちに見えていた。なのに、こんなに憎しみあっていたなんて。

「ねえ会長、その無駄に自己肯定感の高いバカなギャルとは手を放して、あたしと繋ごう。今からでも遅くないよ」

「バカはお前だよ。一回繋いだんだから、もう無理なの、わかってんだろ」

歌の視界の端で、美心が二軍Bグループの中野勝音の手を取ったのは、二人の言い争いに気を取られていた最中だった。美心のほうから二人一組になる場面を、ゲームが始まって以来、歌ははじめて目にした。勝音も驚いた顔で美心を見ている。なぜ、勝音を選んだのだろう……。いっきに冷や汗が滲んだ。そんなことを考えている場合ではないと悟ったからだ。

「桜雪、うちらもはやく、二人一組にならんと」

急いで桜雪の腕を摑み、歌は言った。

「う、うん。でも希子は……」

二人で同時に希子のほうを振り返る。あれからも希子は弥生の傍から動く気配がない。もう自分も死んでしまいたいと思っているのかもしれなかったし、その気持ちはわかった。

「桜雪はあと、誰と繋げる？　うちはまだ幸と……」

喋っている最中に、歌ははっとして言葉を止めた。

まだ手を繋いでいないのは五人——書道部では、自分と桜雪。そして希子。

二軍Bグループで、唯一生き残っている幸。

羽凜は、もう誰とも繋げないと言っている。

そして――桜雪と希子が、前回二人一組になっていたことは記憶に新しい。

「……幸はたぶん、希子とも繋いでへんよ。だからはやく、幸と二人一組になって。希子には悪いけど、うちは歌に……生き残ってほしい」

切々と桜雪が告げる。

その佇まいは、自分が今回で失格になることを完全に悟っていた。この回が始まった時から、あるいはもっと前から、もう最後までは生き残れそうにないことも。それは歌も同じだった。

「……でも」

「幸が希子と繋ぐ前に……はやくして！」

そんなふうに、なりふり構わず声を荒らげる桜雪の姿は、これまで見たことがなかった。

気迫に負けて頷いたあと、歌は桜雪に背を向けた。

ゆっくりと幸のほうへ歩きだす。今回幸は焦る様子もなく、教室の端で佇んでいる。現状では歌とも希子とも、二人一組になれるし、幸が余ることはないからだ。

――でも、幸と手を繋いだら……桜雪は死ぬ……。希子も……。

唇を噛みしめ、歌は立ち止まった。すべての青春が蘇る。部室に入ったときの墨の匂い。みんなの笑い声。朝、教室に入って「おはよう」と言われる瞬間。最高に盛れるまでプリクラを撮りなおした日。ジャンカラのフリータイムで朝まで歌って声が枯れたこと。修学旅行で東京まで行ったのに、スカイツリーの下でお互いの彼氏の話ばかりしていたこと。横浜アリーナで『Best

Friend』を聴きながら、手を繋いだこと。すべてのシーンに桜雪がいる。

歌は踵を返し、桜雪のほうへと駆けた。そしてもう一度、その手を繋いだ。

「……ごめん。もう一回、繋ぎたくなった」

しっかりと桜雪の手を握りしめ、歌は言った。その行為は、桜雪と一緒に死ぬことを、意味していた。

「なんで……」

桜雪の黒く美しい瞳から、涙がこぼれる。

「……だってうちら、Best Friendやろ」

歌は微笑む。

桜雪にとって、自分がどのくらい大きな存在だったのか、わからない。けれど歌にとって桜雪は、はじめての友だちだった。はじめてできた、本当の友だちだった。

十三回目

大神 リサ　―　金森 留津
星川 更紗　―　佐伯 日千夏
曜日 螺良　―　朝倉 花恋
真杉 希子　―　小岩井 幸
中野 勝音　―　水島 美心

【失格】 瀬名 桜雪　―　鮫島 マーガレット 歌
根古屋 羽凜

残り十人
残り十四分

十四

一軍女子

出席番号22番　星川更紗《ほしかわさらさ》

瀬名桜雪と鮫島マーガレット歌が、手を繋ぎ合ったまま倒れ、眠るように息を引き取った。

それはこれまでで最も美しい——というのが正しいかわからないが——死に方だった。

三軍の不思議ちゃん組であった黒木利那と氷室永月は、失格になる寸前、映画『E.T.』のポスターを彷彿させる謎の儀式で指先を合わせていたが、二人一組になって死んだ訳ではなかった。

だから、もう一度、ちゃんと手を繋いで規則違反になったのは、歌と桜雪が初めてだった。

あれからなす術もなく失格になった根古屋羽凜は、悲惨な状態になっている。コサージュから漏れ出した何らかの劇薬により、左胸部が深く溶けて内臓の一部が露わになり、上半身の制服が破れたせいで、残された右の乳房が放り出されている。更紗は、いつか羽凜がストリップの真似事をしていた日を、思い出さずにはいられなかった。

「視聴者のみなさーん、これがインフルエンサー『うりん』の、美しい乳でーす！」

羽凜の変わり果てたグロテスクな胸元を撮影しながら、大神リサが愉快そうにけらけらと笑っている。

「なあリサ……さっきほんまに、羽凜が失格になるように仕向けたん……？」

リサに近づき、恐る恐る更紗は訊ねた。

「そうやけど、何？　てか先に羽凜がしてきたから、お返ししただけやけどな」

半笑いで答えながら、リサはスマホのカメラを更紗に向けた。

「二人は、友だちじゃなかったん」

カメラを見ないようにして再び問いかけると、リサは心底可笑しそうに笑いはじめた。

「なあ更紗、そんなことより……知ってる？　羽凜っていつも、更紗のことレズやって馬鹿にしてたんやで」

「え……」

「螺良のことがガチで好きやから、処女なんやろうって笑ってたの、あいつは」

次の瞬間、更紗は失禁していた。ずっと気を張って我慢していたというのに、ショックと恥ずかしさで、放心状態に陥ってしまった。

「え、嘘。更紗ちゃん、漏らしちゃったの？」

まるで幼児に向けるような喋り方でリサは言った。そして遠慮なく撮影してくる。言うまでもなく、リサが我が物顔で持っている、そのうさぎ耳のカバーがついたスマホは羽凜のものだ。

「更紗、これ使って」

曜日螺良にオレンジ色のタオルを差し出されて、更紗ははっとして我に返った。

「私、私……ごめん」

顔が真っ赤に沸騰する。そのタオルは、螺良がいつも部活の際に使っていたもので、受け取るのが躊躇《ためら》われたが、下半身を見れば遠慮している状態ではなかった。

「もういや、死にたい」

言うまでもなく、本当に死にたいのではない。死にたいほど恥ずかしいと伝えたかったのだ。けれど言ってから、いま使うべき言葉ではなかったと更紗は後悔した。

「教室から出られないんだから、仕方ない。てか私もしたいし。しようかな」

飄々《ひょうひょう》と螺良が言う。それは更紗を傷つけないよう、配慮された螺良なりのフォローで、その優しさに、更紗の胸はぎゅっと締め付けられる。

「更紗ちゃん、大丈夫う？」

心配ぶって首を傾げながらも、ニヤニヤと撮影し続けるリサに螺良が無言で歩み寄る。

そしてリサの手からスマホを取り上げると、バスケの試合中、パスを投げるときのように、教室の外の廊下に力強く投げ捨てた。

「悪趣味すぎる」

切れ長の目で、螺良がリサを睨みつける。これまでにない冷酷な螺良の表情に、更紗はつい見惚れてしまう。何より螺良が自分のために怒ってくれたのだということに感動していた。

「まあ、そうやっていきれるのも、いまのうちやけどね、王子様」

リサは螺良の唇に、ビビッドピンクのネイルが施された人差し指をあてがい、小悪魔ぶった笑みを浮かべる。

「何が」

蚊を払うような仕草でその指を退かしながら螺良が言う。

「うーんと、王子様はー、今回で失格になるの、わかってるのかなあ？」

普段とは違う、胸焼けしそうなほど甘ったるい声を作り、リサが問いかける。

「……ほんまや」

残りの生徒を見回し、少し考えてから、ぼそりと螺良は言った。

――そう。リサの指摘通りだということを、更紗もわかっていた。螺良のことは、自分のことよりも覚えているのだから、間違いない。

「螺良、なんでそんな……、平然としてられるんよ」

声を震わせながら、更紗は言った。

靴下に染み込んだ尿が冷たくなってきて、気持ち悪い。

「……まあ人間って、いつか死ぬし」

それが強がりなのか、それとも本音なのか、更紗にはわからない。螺良の考えていることは、いつもわからない。ただ一つわかるのは、螺良が死ぬなんて更紗には耐えられないということだ。

「……私はいや。螺良が死ぬなんて、絶対いや！　だって……だって私……」

私は――。

言いかけて、更紗は口を噤《つぐ》んだ。

三年前の入学式の日のことを、更紗は昨日のことのように思い出せる。

校庭に咲く満開の桜を、更紗は木の下から眺めていた。普段花に興味はないが、新しい日々の始まりを感じさせる桜の木だけは、つい近づきたくなる引力めいたものがあった。

――何だろう。

ふと、花びらの中にきらりと光るものが見え、更紗は背伸びをして手を伸ばした。でもそれは摑めることのないただの光だった。桜を照らす太陽の光が、何か美しいもののように見えただけだった。

「あ、最悪」

立ち去ろうとしたとき、枝に髪が引っ掛かり絡まっていることに気が付いた。

もうすぐ入学式が始まるというのに……。途方に暮れて、更紗が溜息を吐いたときだった。

目の前に眠たそうな顔をした王子様が現れた。ここは女子高だ。だが彼女はどこからどう見ても、少女漫画から飛び出してきた王子様そのものだった。

「何してるん」

不思議なものを見る目で、王子様は訊いた。

「あ……髪が枝に引っ掛かって……動けなくて」

狼狽《うろた》えながら答える。すると王子様は更紗に近寄り、器用な手つきで、絡まった髪を木の枝から解いた。そのあとで、自身の手首に嵌《は》めていたシンプルな黒いゴムを外し、ボサボサになった更紗の髪を一つに結わえた。

「これでもう引っ掛からんやろ」

王子様が微笑む。更紗の心臓は大きく跳ねた。その拍子に、水槽から飛び出てしまった金魚のように、息が苦しくなる。「じゃあ、お先」と王子様が去ったあともしばらく、水槽に戻ることができないまま、心は跳ね続けた。元よりその苦しさが恋の始まりであるということは、誰に訊かずとも知っていた。

更紗よりも遥かに背が高くすっかり先輩だと思っていたが、その後の入学式で、彼女が自分と同じ新入生であると判明した。

「曜日螺良です。趣味は寝ること。特技はバスケです」

そうしてホームルームで、更紗は王子様の名前を知った。

友だちになるのに時間は掛からなかった。自慢ではないが、友だちを作るのは得意だったし、馴れ馴れしく話しかけても、これまで誰にも嫌われたことはなかった。嫌われるかもしれないという恐れすら、更紗は抱いたことがなかった。

しかし、自慢のコミュニケーション能力を発揮し、どれほど仲良くなろうと、友だち以上にはなれそうもなかった。どうしていいのか、わからなかった。更紗がこれまで付き合ってきたのはみんな異性だったし、螺良が自分をどう思っているのか、そもそも同性は恋愛対象なのか知るのがこわかった。

時間だけが流れて行った。行き場のない恋心を抱えたまま、更紗はこの三年間ずっと、螺良がくれたゴムで髪を一つに結び続けた。髪を結ぶたびに、螺良にそうされたことを思い出した。髪を結ってくれたときの、手の感触を更紗は忘れられなかった。

陰で羽凜たちが悪口を言っていた通り、更紗は処女だ。当時は中学生だったこともあるが、そういうことをしたいと思えず避けてきた。

でも、螺良に触れてみたいと思ったことは、一度や二度じゃない。螺良から触れられてみたいと思ったことも。いつも感じていた。二人一組になったとき、螺良の温もりを。

「今回は偶数なので待機する生徒を決めまーす！　水島さんに投票する人ー」

羽凜の亡骸を踏みつけながら、今度はリサが、誰の許可もなく意気揚々《いきようよう》と仕切り始める。

リサと同じ一軍グループにいた更紗は、ずっと前から感じ取っていた。リサが羽凜を恨めしく羨ましく思っていたことを。羽凜が人気YouTuberになってからの、二人の関係性の変化を。

そして――リサの呼びかけのあと、水島美心に投票したのは、十人中、三人だった。

生徒会メンバーである留津、日千夏、花恋以外の手は挙がらなかった。そういう結果になったのは、当然だった。もしも今回、自分が待機になれば、あるいは美心と二人一組になれば、一回でも失格になることを先延ばしにできるからだ。そしてそれは、螺良も例外ではなかった。だから更紗も手を挙げなかった。

「ねえ、みんなお願い！　今回は、螺良に待機させて」

更紗は、神に祈るように両手を組み、生き残っている生徒たちに懇願した。螺良を助けたい一心だった。そこに悪意などなかったし、こうして自分の想いを発言することは、更紗にとって真っ当な感覚だった。一軍女子だから、そうする権限がある、という認識すらない。ただいつでも、一軍女子《自分たち》が優遇されてきたからこその、傲慢さだった。

だから、いつもならば「そうしよう」と賛同する声が返ってくるはずだった。

だがいま、誰も返事をしない。俯いたまま床を睨んでいる。

自分が話しかけると、嬉々として返事をしていたクラスメイトたちの姿が幻のようだった。

でも冷静になって考えれば、そういう反応こそ真っ当だった。彼女たちにとって、螺良を待機させるメリットなど、どこにもないのだから。ゲームの終わりが見えてきた今、みんな生き残れるものなら生き残りたいに決まっていた。

だから更紗は、最後の望みの綱と言わんばかりに、美心に駆け寄って頭を下げた。

「ねえ水島さん、お願い。螺良に投票して。今回は待機にならなくても、誰かと手を繋げるんだから、お願い」

美心はじっと更紗の顔を見つめたあとで、哀しそうな表情を浮かべた。その表情が何を物語っているのか、更紗にはわからなかった。

「……曜日さんに投票はできない」

ややあって、美心が答えた。

「どうして」

「他に……投票したい人がいるから」

それは意外な返答だった。

「……誰？」

美心が指さしたのは、金森留津——ではなく、その背後に立っていた朝倉花恋だった。


更紗は、花恋が転校してきた日のことも、鮮やかなまま記憶から取り出せる。

教室に花恋が入ってきた瞬間、更紗は心の奥底で、静かに激しく嫉妬したのだ。それは自分より容姿が優れているからという、単純な理由ではない。螺良の隣には、こういう抜群に美しい子が似合うと感じてしまったからだ。もしも花恋に言い寄られたら、螺良はどうするだろうと、悪夢のような妄想をせずにはいられなかった。

「へえ、星川更紗ちゃんって言うんだ。名前まで可愛いね」

席が隣になり、花恋にそう褒められたとき、自分だってドキドキしたくらい、花恋は特別な華のある少女だった。

それに花恋の美しさは、容姿だけに留まらなかった。体育の時間、率先してクラスの亡霊と化していた美心と二人一組になったのだ。更紗はそれまで、美心と二人一組になろうと思ったことはなかった。話そうと思ったことも。別に悪意を持っていたわけじゃない。わざわざ話す必要が感じられない美心と関わりを持たないことは、更紗にとって自然なことだった。

でも本当にそれは――一切の悪意のない、自然なことだったのだろうか。

「それに私は……星川さんとも、曜日さんとも、喋ったことがない。だから、投票できない」

心を見透かすように、美心が続けて言った。

今、更紗を見つめる美心の目には、明かに軽蔑のようなものが含まれている。

更紗は何も言えなくなった。螺良も黙っている。

「で、あんたらは誰に投票すんの。もう時間ないんだけど」

投票していない生徒たちに向かい、リサが言う。

美心に乗ったのだろう、なんとか生き残っている二軍の真杉希子、中野勝音、小岩井幸が、花恋を指さす。

美心と花恋で三対四。自分と螺良が花恋に入れれば、今回の待機は花恋に決まる。螺良と、生き残れるかもしれない。

そう希望を持った矢先だった。螺良が、美心を指さした。それは自分が失格になることを受け容れたということに他ならない。

「更紗も投票して」

螺良が言う。それは暗に美心に――という意味だった。更紗は首を振り、花恋を指さした。

これで四対五。

「ふーん。ゲーム始められへんのもめんどいし、あたしも花恋にいれるか」

リサが不服そうに呟く。自分こそが待機になるべきだと感じているのが、表情から伝わる。螺良を待機させてほしいと発言したときの自分も、こんな傲慢な顔をしていたのだろうか。そういうエゴこそが先生の言っていた『無自覚の悪意』の正体だったのだろうか。嗚呼、きっとそうだ——さっき、美心が哀しい表情を浮かべたのは、私がその悪意に微塵も気がついていなかったから。己の心の汚さを自覚し、更紗は消え入りたくなった。

「じゃ、そういうことで、二人一組になってくださーい」

この場に相応しくない——緊張感のない声で、リサが言い放つ。

狙いすましていたのだろう、いの一番に、美心の手を取ったのは留津だった。優等生ぶっていたが、彼女もやはり生き残りたくて必死なのだ。というより、生き残りたくない生徒などいるわけがない。

これで螺良の失格が決まってしまったことに、更紗はもう絶望してはいなかった。

「……なあ螺良、もう一回、手を繋いで、いい?」

いつもと変わらぬ涼しい顔でゲームを見守る螺良を見上げて、更紗は訊いた。

更紗はまだ、勝音と手を繋いでいない。自分が生き残ることは可能だった。

けれど螺良の存在しない世界に、もう用はなかった。

「なんで」

あの日と同じように、不思議なものを見る目で螺良が訊き返す。

「……螺良のことが、死ぬほど好きやから」

そう――死ぬほど。いま、この使い方は、間違っていない。

「……ああ、なるほど」

感情が高まり涙目になっている更紗に向かい、二度ほど頷いたあとで、螺良がふっと笑う。

やっぱり、螺良が何を考えているのか、更紗にはわからない。この三年間、螺良の姿を追い続けていたけれど、更紗はまだ彼女のことを何も知らないのかもしれないと思う。でも、何も知らなくても、すべてを知っていたとしても、この気持ちは変わることはない。

「螺良、最後に一つだけ、お願い聞いてくれへん」

だけど最後に、その感触だけは知りたかった。

「何」

「キスしたい」

できるだけ重くならないように、冗談っぽく告げたのに、涙がこぼれる。

螺良は、その頬から唇に伝う涙を拭いとるように、更紗にキスをした。

もう、このまま死んでもいいと更紗は思う。

そして、知りたかった感触に浸りながら、更紗は焦がれ続けたその手を強く握った。

十四回目

【待機】　朝倉花恋

水島美心　―　金森留津

大神リサ　―　佐伯日千夏

【失格】　星川更紗　―　曜日螺良

真杉希子

中野勝音

小岩井幸

残り五人

残り十分

十五

あなたの死を望みます

出席番号1番　朝倉花恋《あさくらかれん》

――あなたの死を望みます。

この特別授業が始まってから、あるいは水島美心に告げられた日からずっと、花恋の胸にはその花言葉が棘のように刺さっている。

辺り一面に失格になった生徒たちが転がり、地獄絵図と化した教室を、花恋は死体を踏まないようゆっくりと歩きながら、窓際へと移動する。誰かが死臭を逃がすために開けた窓から、花壇が見える。スノードロップの花が、銃弾のような大粒の雨に撃たれていた。

前回は、一挙に五人もの生徒が失格になった。再度手を繋いだ星川更紗と曜日螺良は、鮫島マーガレット歌と瀬名桜雪と同様に、眠るようにして息を引き取った。もしかしたらこの特別授業は、友情ゲームのように、二人の絆を試されている側面があるのかもしれない。余って失格になるのと、もう一度、二人一組になって失格になるのとでは、明らかに残酷さに違いを感じた。だが、とにかく失格になれば、待ち受けるのは死だということに変わりはない。

でも、中野勝音の死に様は、思い出すだけで吐き気がする。更紗が螺良と心中することを選んだことにより失格になった勝音は、コサージュから見たこともない虫が湧き出し口をめがけて体内に入り、藻掻《もが》き苦しみながらこの世を去った。他の二人、書道部最後の生き残りであった真杉希子は、彼女の親友だった宵谷弥生の傍で、弥生と同様に墨のように黒く焼け焦げて死に――金森留津が我先にと美心の手を取った瞬間、余るしかなくなった小岩井幸は、花が散ると共に窒息状態になり倒れた。オーソドックス（とは言えないかもしれないが）な死を遂げた二人に比べ、勝音の死に方は、何か制裁じみた仕掛けを施されているとしか思えなかった。もしかしなくても、一人一人、死に方が異なるのは、何か理由があるのだろう。

……自分が失格になったら、どんなに酷い仕打ちを受けることになるのだろう。

想像すると、花恋は途端に死が恐ろしくなった。

「ねえ、いよいよこれで最後だから、会長、仕切ってもいいよ」

憎たらしく、大神リサが言う。

美心、花恋、リサ、留津、佐伯日千夏。

とうとう、残っているのはこの五人になった。

「まあ、生き残るのは、花恋じゃなくてリサだけどね」

ゲームが始まったら、すぐに美心の手を繋ぐつもりなのだろう。リサは、美心の傍を陣取っている。花恋は息を呑んだ。自分が生き残るべき存在だと、感じているわけではない。でも、最後にリサが美心と組むことだけは間違っていると言い切れた。

それはこの特別授業の答えではない――と花恋は思う。

花恋は留津のほうを見た。留津も深刻な表情で花恋を見ていた。きっと留津も、同じことを考えているのだとわかった。

だがもう、迷っている暇はない。

残り時間は九分しかないのだから。

「それでは……二人一組になってください」

覚悟を決めた声で、留津が言う。

そして予測通り、リサがすぐさま美心の手を取り、二人一組になった。

「リサの勝ちいいいいいいいい」

狂喜乱舞して叫びながら、リサは美心の手を摑んだまま、教室中を駆け回る。

嗚呼。これでもう、本当に終わりなのだ。

花恋は俯き、静かに呼吸を整えながら、下品な奇声を上書きするように雨の音に耳を澄ませる。

「ねえねえ、今から失格になるのってどんな気持ち？　折角こんなに可愛く生まれてきたのにさあ」

リサに顔を覗き込まれながら煽られる。花恋はその邪悪さを振り払い、背後を振り返った。上半身がバラバラになった佐伯野土夏を、日千夏が集めている。

日千夏は、ここに残っている全員と既に二人一組になっていたから、この回で失格になることが決まっていた。

「日千夏、ごめん……。私があのときちゃんと、言わなかったから」

留津が歩み寄る。

「ううん。違う。留津のせいじゃない。もちろん花恋のせいでも。日千夏ね、野土夏と手を繫いでいないこと――忘れてたんじゃなくて、本当に、忘れるとかいう以前の感覚だった。それは野土夏の言う通り、野土夏は自分で、自分は野土夏だったから」

日千夏は立ち上がると、野土夏と同じ焦げ茶色の瞳に、留津と花恋を交互に映した。

「花恋、留津、今まで、友だちでいてくれてありがとう。私、二人のこと、大好きだった。このクラスで、二人だけが、私を双子じゃない、日千夏として認識してくれた。私ね……軽蔑されるかもしれないけど、本当はずっと双子でいることが嫌だった。自分が、世界にたった一人じゃないことが。でも野土夏が死んだとき、半分になって気が付いたんだ。私と野土夏は、二人で一人だったんだって」

　豪雨を背景に、日千夏が眩しいくらいの笑顔を浮かべる。

「だからもう、私のことは気にしないで。はやく、二人で手を繋いで」

　そして、すべてを締めくくるように、日千夏は言った。

「は……？」

　瞬時に、リサの曇った声が鳴る。

「双子、何言ってんの。この二人は親友なんだから、とっくに繋いでるでしょ」

　日千夏に詰め寄り、リサが言う。日千夏は、さっきの眩しい笑顔とは打って変わって、悪魔のような形相でリサを睨んだ。

「繋いでないから。てか、あんたってさ、そうやっていつも、日千夏のこと双子って言うよね。日千夏、あんたにだけは生き残ってほしくないって思ってた。だからあんたが失格になるのが本当うれしい」

　それはこれまで花恋が聞いたこともないような、毒々しい声色だった。

「あのさ、こっちはあんたみたいなのにどう思われようがどうでもいいけど、だからって、あたしが失格とか変な嘘吐かないでくれる？　リサの勝ちはもう、決まったんだよ」

「まだ気が付かないの？　嘘だったら、私たちの花はもう散り始めてる」

これまでのゲームでは、手を繋ぎ終えて失格者が決まると、すぐにその生徒の花弁は散り始めた。だが今、リサと美心が二人一組になってから、少なくとも三十秒以上が経っている。

「ほら花恋、留津と手を繋いで」

誤算に気が付き、みるみるうちに青ざめていくリサの前で、日千夏に促されるままに、花恋は留津の手を繋いだ。

第一回——誰もが親友同士で二人一組になるなかで、二人は手を繋がなかった。

花恋は日千夏と、留津は野土夏と二人一組になった。

それは、ゲームが始まってすぐ「今、二人一組になったら、その二人では生き残れない」と、留津が生徒会メンバーに示唆したからだった。最初に留津と二人一組にならない選択など、花恋には思い付きもしなかった。でも頭のいい留津には最初から、この光景が見えていたのかもしれない。

「ねえねえ、今から失格になるのってどんな気持ち？」

絶句しているリサの顔を覗き込み、日千夏が煽り返す。その胸の花びらは散り始めていた。

「ああああああああああああああ。うぜえええええええええ。リサ以外に、誰も生き残る権利なんてないんだよおおおおお！」

教室には狂乱状態のリサの咆哮《ほうこう》が轟く。

そう。今回美心と手を繋いでしまったリサは、もう次回誰とも繋ぐことはできない。

つまり、失格になる。

だがリサは突然、スイッチが切り替わったように笑い始めた。

「あはは！　リサって天才！　もう一回、亡霊ちゃんと二人一組になればいいんだ！　そうすれば、全員死ぬ」

悪知恵だけは、人一倍働くタイプなのだろう。壊れたように、リサは笑い続けている。確かに次のゲームで、再びリサと美心が二人一組になったら、この回で二人一組になった花恋と留津はもう一度手を繋ぐことができず、全員が失格となる。

そして、『亡霊ちゃん』と面と向かって呼ばれた美心は、今にも泣きそうな、酷く傷ついた顔を浮かべていた。裏でそんなふうに呼ばれていたことを、彼女は知らなかったのだ。

花恋の心に、リサへの殺意と、その綽名を阻止しなかったことの後悔が宿ったそのときだった。

彼女も同じ気持ちだったのだろう。

日千夏の手が、リサの制服からコサージュをもぎ取っていた。

笑い続けていたリサの顔が、ぐにゃりと歪んだ。

「失格になるんだったら、はやいほうがいいと思って」

わざとらしく声を弾ませながら、日千夏が嫌味を込めて言う。

・自他に関わらず、コサージュを外した者は失格となります
（相手のコサージュを外した者も同様です）

黒板の規則によれば、既に失格が決まった日千夏が、命を失うまでの間に、リサのコサージュを外すのは違反ではない。現状において、リサを失格にさせるためには、もっとも確実な方法で

もあった。

「双子てめえ……殺す！」

「大丈夫。もう死ぬから」

日千夏はにっこりと笑う。その刹那、コサージュの爆発により、その上半身はバラバラになった。血と肉の雨がぼとぼとと降る。日千夏の手により集められた野土夏の残骸の上に積もった肉片は、どちらがどちらのものなのか、花恋にはもう区別がつかなかった。

間もなくして、リサの豊満な胸の上に咲いた花も散り始めた。

「あああああああああああああああ。お前らも死ねええええええええ」

今度は留津目掛けて、リサが走り始める。宣告されなくとも、日千夏がリサにそうしたように、コサージュをもぎ取るつもりなのがわかった。だが留津が、その手から逃れる必要はなかった。

「あ」

走り出してすぐ、リサはあまりにも無様に転んだ。グロテスクな死体となり果てた羽凜の腕に、足が引っ掛かったのだ。転んだ拍子に、コサージュの花びらが一斉に散る。リサの体はまるで絶頂を迎えるように痙攣しはじめた。

「あ、あ、あ、あ、あ」

呻き声が響く。そうしてリサは、まるで亡霊にでも呪われたかのように不自然な関節の動きで、自分で自分の首を絞めだした。いつもスマホを弄っていた手の、ビビッドピンクに塗られた爪が、首に食い込んでいく。そのまま、息絶えるまで、リサは自分の首を絞め続けた。

それはやはりというか――、予め、リサのために用意されていたかのような死だった。

花恋、留津、美心。

二十四人の死体を前に、息をしているのは、とうとうこの三人だけになった。

一変して、教室には嘘のような静寂が訪れる。

「……日千夏が助けてくれたね」

その静寂の中に、ぽつりと水滴を落とすような声量で、花恋は言った。

生徒会の活動を共にしてきた日千夏とは、他のクラスメイトよりも仲が深かった。彼女という人間が好きだった。でも花恋の眼に、涙は生まれなかった。死に慣れてしまったからではない。もっと、根本的な問題だった。

「うん。本当に。これで大神リサと手を繋いだまま死なずに済んだ」

留津が言う。

「……どういう、意味」

その質問が残酷なものだと、花恋は知っていた。

バカな自分が気付いているくらいなのだから、留津が気付いていないはずがなかった。

留津はもう誰とも、二人一組になれないということに。

「花恋……私、このゲームが始まったときからずっと、二人に生き残ってほしいって、そう思ってた。そのためだけに、ここまで必死に生き残ってきたんだ」

留津は花恋に真剣な眼差しを向ける。それが演技ではない、本心だということは、疑う余地もなかった。

「だから花恋、美心と手を繋いで」

この中で今新たに二人一組になれるのは、花恋と美心――その組み合わせだけだった。

でも花恋は、頷くことなどできなかった。

「留津、私は生き残れない。生き残る権利なんてない……」

花恋は言った。ここまで生き残ってしまったものの、花恋の心の中には、ゲームが始まってからずっとその想いがある。

あるいは、この高校に転校してくる前――あの事件が起きてしまったときからずっと。

「そんなことない。このクラスで、美心と二人一組になったの、花恋だけだった。だから生き残る権利は花恋にある。花恋にしかないよ」

「留津。それは違うよ。私はただ……償いたかっただけなんだ」

「償い？　何の」

「……私、この学校に転校してくる前、しばらく不登校だったの」

美心がじっと、こちらを見つめている。そう。美心には打ち明けたことがあった。だが留津には、話していなかった。

「花恋が……？　どうして」

留津は信じられないというような表情を浮かべている。確かあのとき美心も同じような顔をしていた。花恋は二人に背を向ける。そして、ゆっくりと息を吐いてから、告げた。

「……人を、殺したから」

その瞬間、あれほど激しかった雨の音がぴたりと止んだ。

「バカレン！」

教室を出ようとしたところを、引き留められる。

東京で通っていた女子高で、花恋は時々、友だちにそう呼ばれていた。

いじめられていたのではない。むしろクラスの中心的存在であり、花恋が属するグループには無論、校内でも名の知れ渡った圧倒的一軍女子ばかりが集っていた。だからそれは、ただの、名前と勉強ができないことを掛け合わせた綽名に過ぎなかった。

「今からうちら渋谷行くけど、花恋も行くっしょ」

「あ、うん、行く」

「じゃ、行こー。つかさ、聞いてよ。昨日原宿歩いてたらスカウトされてさー。あたし事務所入るかもー」

「マジ。さすが理沙《りさ》。あたしなんかこの間スカウトされたと思ったら、ＡＶ」

「ウケる。まあ、翼《つばさ》ってなんかエロいもんね」

なんの因果か、グループの中心人物は「りさ」という名前で、自分と翼を含め三人グループだった。

花恋はこのグループに、ただビジュアルで選ばれ、属していることを自覚していた。勉強もできず、スポーツができる訳でもなく、歌が上手いわけでも、感性が取り立てて優れているわけでもない。容姿の良さなど、花恋にとってはただ生まれ持ったものであり、自信に繋がるものではなかった。

だいたいこのグループにおいては、ビジュアルが優れているというのは絶対条件みたいなものだった。理沙も翼も、街を歩けば芸能関係者にスカウトされるほどの容姿を備えている。日常的にSNSで自分を発信し、そのビジュアルの良さだけで得た大勢のフォロワーから送られてくる「可愛い」というコメントに、もはや何の感動もなく生きていた。

「インスタで繋がってさ、今度、K高のイケメンと遊びにいくんだ」

渋谷のスタバで、スクランブル交差点を見下ろしながら、理沙がそのイケメンのアカウントを見せてくる。

「え、ガチでイケメン。いいなー」

「翼、彼氏できたばっかじゃん」

「でもあんまり好きじゃないんだよねー。一回やっちゃったから、流されて付き合ったけど」

「あー、あるある。……で、花恋はいつになったらスマホ買うわけ？　インスタやろうよ。花恋人気でると思うけど」

「それな。今時スマホ持ってないとかありえねえ。ガラケーって……昭和じゃん」

「翼、昭和にはガラケーもないから。でもマジで、スマホは買ったほうがいいって。うちらも連絡取りやすくなるし。てか、彼氏できた時、どうすんの」

「そうだよね。でも私、SNSあんまり興味ないし、彼氏も今はいいかなーって……」

「今はって、あたしら花のJKだよ？」

「……花恋って、本当に変わってるよね」

翼に続いて、呆れながら理沙が言う。

「うん。ビジュよくなかったら、絶対いじめられてるわ」

「言えてる」

頷きながら、二人が笑う。花恋も笑う。毎日、そんなふうに、二人の下品な会話に挟まれて笑っていた。それが楽だったし、それが普通だった。花恋には自分というものがなかった。だからただ、用意された日常に流されることしかできないでいた。


それゆえに花恋は——クラスメイトの笹原華菜《ささはらかな》に魅力を感じていたのだ。

体育の時間「二人一組になってください」という号令のあと、花恋は華菜と組むのが常だった。理沙と翼はいつも二人で組み、どのグループにも属していない華菜が余っていたからだ。ちなみにクラスの人数は偶数だったので、誰も先生と組むようなことはなかった。

華菜は美術部に入っており、放課後、美術室の前を通りがかると、いつも熱心に絵を描いている姿が見えた。鮮やかな色使いの、花の絵だった。こんなに素敵な絵を描く彼女の目には、世界がどんなふうに映っているのだろう。筆を走らせる姿を見かけるたび、花恋の心には華菜と話してみたいという思いが募っていった。

「それ、素敵な絵だね。笹原さんは、花が好きなの」

だからあの放課後——一年生も終盤に差し掛かった冬の寒い日だった——日直の仕事終わりに、彼女が美術室で一人きりでいるのを目撃した瞬間、声を掛けずにはいられなかったのだ。

「うん」

華菜は一瞬驚いた顔をしたあとで頷いた。いくら体育の時間に余り者同士で二人一組になっているとはいえ、自分がいい印象を持たれていないだろうことは解っていた。

なぜなら彼女が教室で孤立しているのは、理沙の悪意が他の生徒にも伝染した結果だった。三軍女子の癖に、対等に自分に話しかけてきたのがムカついたというバカみたいな理由で、夏頃から理沙が華菜を無視し始めたのだ。

つまり理沙と同じグループに属している花恋も、そのような人間だと思われているはずだった。

「どうして、花が好きなの」

それでも花恋は、華菜と話してみたかった。

「花はきれいで、誰のことも傷つけないから」

華菜が答える。花恋の胸はきつく締め付けられた。彼女が傷ついていることを、知ったからだった。

「ごめん、なさい」

花恋は言った。

「どうして、謝るの」

華菜は訊いた。それは理沙の言うように、他の生徒とは違う、一軍女子である自分を恐れることも、敬うこともない、対等な話し方だった。

「どうしてだろう……悪いと、思ってるからかな」

迷いながらも素直に答えると、華菜は口元をゆるませてふっと笑った。

彼女の笑った顔をはじめて見た。長いあいだつぼみだった花がいきなりほころんだような感動を、花恋は覚えた。

「朝倉さんって……面白いね」

そして華菜は言った。

「そう、かな」

花恋には、なぜ華菜がそう感じたのかわからなかった。

「うん、面白い」

けれど華菜は繰り返してそう言った。

それからお互いのことを探るように話していると、あっという間に下校のチャイムが鳴り響き、花恋は訊いた。

「ねえ、また話しに来ても、いい？」

「話しかけるのも、無視するのも、許可なんていらないよ」

絵の具を片付けながら、華菜が答えた。確かに、その通りだった。


そして花恋は、半月に一度、その日と同じ木曜日に――木曜日は部活が休みで、自主的に描いているらしかった――美術室に遊びにいくようになった。

「へえ、華菜は画家を目指してるんだ」

「うん。いつか、花をテーマにした作品で個展を開くのが私の夢なの」

「それは最高に素敵な夢だね」

一人では進路も決められない自分とは違う、明確な夢に向かい努力している彼女が、花恋は眩しかった。

「もし叶ったらさ……、花恋も個展、見に来てくれる？」

「もちろんだよ！　絶対に行く！　だって、親友だもん」

花恋は言い、思わず立ち上がって華菜の手を握った。

はじめて華菜に、下の名前で呼ばれたことがうれしかった。理沙たちに呼ばれるのとは違う、自分の名前に意味を感じた。そしてこの気持ちは、ただの友だちに対するものじゃない、きっと親友だけに感じるものだった。

「ありがとう」

そっと握り返されたその手は、温かく、色鮮やかな絵の具で彩られていた。


「ねえバカレン。あんたって笹原華菜と仲良いの？　昨日、二人で美術室にいたとこ、翼が見たって」

理沙がそう訊いてきたのは、華菜と話すようになり半年が経った頃、夏休みが始まる前だった。

「あ、えっと……素敵な絵だなと思って、話しかけたの」

おずおずと花恋は答えた。

「連絡とったりしてんの？」

花恋は首を振った。嘘ではなかった。ガラケーしか持っていないのもあるが、基本的にSNSで会話をすることに、花恋は意味を感じていなかった。

「ふうん。花恋ってさー、自己肯定感低いんだろうけど、あんな三軍女子とも対等に話せてすごいね。でも、あの子とつるむのさ、うちらのレベル下がるからもうやめてくんない」

――レベルが下がる？

理沙といたほうが、よっぽど下がるよ。

花恋は衝動的に、そう言い返しそうになった。

でも、言えなかった。

「そう、だね」

へらへら笑いながら、そう答えていた。


夏休みが明け、花恋と華菜は再び、体育の時間に二人一組になるだけの関係になった。

放課後、美術室に行かない限りは、二人で話す機会はなかった。時折、華菜が何か言いたげに、こちらを見ていた。体育の時間、二人一組になったときも、話したそうにしていた。勿論花恋も、華菜と話したかった。夏休み中もずっと華菜のことを考えていたのだから。でも、無視をした。

理沙が不機嫌になるのが、心のどこかでこわかった。

ほとぼりが冷めた頃に、また美術室へ行こうと、花恋はそう考えていた。

だがそれは、二度と叶わなかった。

学校の屋上から飛び降りて、華菜がこの世を去ったから。

花恋は知らなかったのだ。

華菜が、いじめられていたことに。

それは、目に見えないいじめだったから。

『ねえ、ブスの癖になんでそんな偉そうなの？』『幼稚園児みたいな花の絵描いて恥ずかしくないの?』『花恋に褒められて喜んでるみたいだけど、あの子バカだから適当に言ってるだけだよw』『てか、美術部の先輩が一番才能ないって言ってた』『ねえ、はやく生きてる価値ないって気づいたら?』そのいじめは、理沙に「あの子とつるむとレベルが下がる」と言われた日から始まっていた。

スマホを持たない花恋は、クラスのライングループがそのような地獄になっていることを、ニュースで始めて目にした。華菜の親がテレビ局の記者に送ったのだ。

そして華菜の死は、しばらく全国的なニュースとして流れ続けた。クラスメイトたちはみんな「あのくらいで」と口にしていた。彼女たちの顔に、反省の色は少しもなかった。それどころか、なぜ自分たちが加害者のように責められるのかを、不服に思っていた。

「あのくらいなんかじゃないよ!」

堪えきれずに、花恋は叫び、教室を後にした。

花恋の足が自然に赴いた場所は美術室だった。花恋の目には、華菜と二人で初めて話した日の光景が映った。美術室に保管されていた華菜の絵は、そのほとんどが黒く塗り潰されていた。それは、直接的ないじめによるものではないと、花恋にはわかった。絵を黒く塗り潰したのははきっと、華菜自身だった。

トーク画面に投下され続けた悪口は、ただ死を促すだけではない。もう二度と絵が描けなくなってもおかしくないような、華菜の生きる希望を裂く内容だったのだから。

だが、一枚だけ害なく残されていた絵を花恋は見つけた。それは、花恋が最初に素敵だと言った白い花の絵だった。手に取るとその絵の裏には、鉛筆で書かれたメッセージが残されていた。

花恋へ
絵を褒めてくれてありがとう。
親友って言ってくれて、うれしかった。
私も花恋のこと親友だと思ってたよ。
最後にもう一度、話したかったな。

絵を抱きしめながら、花恋は止めどもなく流れ落ちる涙を抑えることができなかった。

——あのとき理沙に、そんなことない、華菜は素晴らしい女の子なのだと言えたらよかった。臆することなく華菜に会いに美術室に行けばよかった。華菜の視線を無視しなければ、話を聞いていたら、華菜はきっとこんな運命を迎えることはなかった。

親友だと言った癖に——私が華菜を殺してしまったのだ。


その日以降、花恋は不登校になった。

一日中、薄暗い部屋に引きこもった。うまく眠れなかった。寝ても覚めても、華菜のことを思い出し、哀しみと罪悪感に押し潰された。

「花恋ちゃん、お母さんと一緒に、京都にお引っ越しすることになったわよ」

花恋の母がそう決めたのは、華菜の死から二カ月が経ち、季節が秋になった頃だった。

「おばあちゃんが住んでいた京都の東山の白川沿いのお家があるでしょう。この二ヵ月ですっかりきれいに清掃してもらったから、ひとまず、そのお家で二人で暮らしましょう。京都の高校への転入手続きも済ませてあるから、安心して。ちょっと今の学校よりは、レベルが落ちちゃうけど、少人数だし、今までと同じ女子高だし、花恋ちゃんも気負いなく通えると思うの」

母は花恋の虚ろな瞳に向かい、矢継ぎ早にそう説明した。

新しい学校へ転入するためにコネを使ったのだろうことは、容易に想像がついた。なぜなら花恋は、何の試験も受けていなかった。でも、いつもそうだった。花恋の進路は、両親によって勝手に決められていた。だから、勉強ができなくても困らなかったし、しなさいと言われた覚えもない。むしろ、何も知らない少女のままでいることを望まれているような感覚だった。

母は、花恋が十八の歳になってもスマホを持たせようとしないほどに心配性だった。

それは花恋が美しく生まれたせいもある。誘拐や性犯罪などに巻き込まれないことを、母は常に祈っていた。だからそれは母なりの、犯罪に巻き込まれないための予防策だったのだろう。花恋は母に、SNSがきっかけで起こった恐ろしい事件を、小さい頃からしつこく聞かされていた。SNSに興味を持てなかったのは、ある意味、洗脳されていたからなのかもしれない。

「京都だったらほら――知り合い誰もいないでしょ。お母さんもね……今は東京にいるの、ちょっと疲れちゃったの。花恋ちゃんが大学生になったら、また東京に戻ってきて、家族みんなで暮らしましょう。お父さんが違う土地に、新しいお家を買ってくれるって。その頃には、ほとぼりも冷めてるわ。ね。とにかく大丈夫だから、花恋ちゃんは何も心配しないで。花恋ちゃんが何もしてないこと、お母さんは知ってる。花恋ちゃんには、お母さんがついてるからね」

優しく頭を撫でてくれる母が、憔悴しきっている理由は明らかだった。

華菜の親から、毎日のように電話がかかってきていた。無惨な死を遂げた娘の恨みをぶつけたかったのだろう。未成年につき、名前の部分は隠されていたが——あのトーク画面には、花恋の名前が書かれてあった。そして、華菜が両親に宛てた遺書には、理沙と翼の名前が名指しで書かれてあったのだという。

それはたちまち近所で噂になり、二人と同じグループにいた花恋も、いじめの主犯だったのではないかと、周囲の人間も疑っていた。花恋が引き籠っているあいだ、母はきっと色んな人から、悪意の籠った言葉を投げつけられたのだろう。

でも、良くも悪くも土地を離れてしまえばもう、全てがなかったことのように、事件から逃れられた。

母はだんだんと元気を取り戻し、ほとんど未知である京都へ来ることで、花恋も新しい気持ちになれた。罪も、哀しみも、生涯消えることはないが、あの事件から、ほんの少しでいいから解放されたかった。そうでないと、自分も死んでしまいそうだった。

「朝倉花恋です。よろしくお願いします」

転校初日、これまでとは顔ぶれの違う女子だらけの教室を見渡して、花恋はどきりとした。

後方の席に、華菜に似た生徒を見つけたからだ。

それが金森留津だった。今思えば、容姿というより、その凜とした佇まいがそう感じさせたのだろう。

だから、花恋が生徒会に入ることを決めたのは、鈴田先生に「あなたと入れ違いに転校した赤西さんは生徒会に入っていてね、人数が足りないの」と促されたこともあるが、華菜に再び会えたような感覚に陥ったからだった。

でも留津は、華菜とは違った。

至極当たり前のことだ。違う人間なのだから。そして同じである必要もなかった。留津には留津の素晴らしい部分があり、仲が深まるほどに、花恋は留津を好きになった。

彼女は今まで出会った誰よりも真面目で、面倒見のいい、優しい性格の持ち主だった。いつだって赤点を取る自分に、嫌な顔一つせず、根気強く勉強を教えてくれたのだから。

「絶対、花恋はやったらできる子だから」と、心から励ましてくれた。

花恋はこれまで、勉強をしようと思ったこともなかった。人生に必要がなかったから。けれど、知らないことを知るという行為は、喜びで溢れていた。

「私、勉強がこんなに楽しいって、知らなかった。留津って、先生に向いてると思うな」

夕陽が差し込む生徒会室で、その感動を花恋は伝えた。

「……本当？」

あのとき留津は、本当にうれしそうな顔をして、そう訊き返した。

「うん」

花恋は力強く頷いた。

「うれしい。私……実は、先生になりたいって思ってるんだ」

すると留津は言った。それは、バカな自分には到底叶えられそうもない、立派な夢だった。

「すごい、留津なら、絶対にいい先生になれるよ！」

花恋は、教壇に立つ留津の姿を想像しながら、その手を握った。あの日、華菜にそうしたように。留津の手は、華菜のものとは違う、ひんやりとした感触だった。

「ありがとう、花恋。……私ね、いじめのない教室を作りたいの」

照れくさそうにしたあとで、留津が告げる。その瞬間、いっきに心拍数が上昇するのがわかった。

「……いじめのない教室？」

花恋は、こわごわと訊ねた。

「うん。思い出すだけで、吐き気がするんだけど……私……中学の時に、いじめられたことがあって。少しの期間だったけど……本当に恐ろしかった。死んでしまおうかと思ったくらいに。だからね、もう、あんな哀しい思いを、誰にもしてほしくない。そして、もしそういう目に遭ってしまう生徒がいたら、救いたいの」

夕陽の光を背に、留津が微笑む。

「留津ならできるよ。応援してる。心から」

華菜のことを思い出し、ぶり返す痛みのなかで、花恋は留津の手を一層強く握りしめた。

でも内心——違和感を覚えずにはいられなかった。

『いじめのない教室を作りたい』という夢を掲げる留津が、なぜ体育の時間、美心と二人一組にならないのか。

「留津、私、今日の体育、水島さんと組んでもいい？」

初めてそう訊ねたときも、留津はあからさまに動揺していた。

「ずっと秋山先生と組んでるから、可哀想だなって思って……。私が水島さんと組んだら、留津が秋山先生と組むことになっちゃうから、留津が組んでくれてもいいんだけど」

胸がざわつくのを感じながら、花恋は続けてそう提案した。

「水島さんは、私のことよく思ってないと思うから……だから花恋が組んであげて。すごく喜ぶと思う」

「そう……なの？　じゃあ、そうするね」

二人の間には何かがあるのだ——そう気が付いたが、追及はしなかった。きっと、訊ねられたくないことなのだと思った。花恋だって、訊ねられたくないことは山ほどあった。

「水島さん、私と組もう」

そして、そう誘ったとき、美心ははっと驚いたあとで、今にも泣きだしそうな顔になった。

この学校での『いじめ』は、美心がどのグループにも所属しておらず、最低な綽名のごとく、亡霊のように見えないものとして扱われているだけとも言えた。

でも、それはやっぱり美心にとって「だけ」ではなかったのだ——。その表情をみて、花恋は悟った。

「……いいの」

震える声で、美心が訊いた。

「うん！」

花恋は頷き、躊躇うことなく美心の手を取った。花恋はまだ、美心のことを何も知らなかったし、今も深くは知らない。けれどその手からは、彼女の優しさが伝わってきた。

それからも半月に一度ほど、美心と二人一組になることは——花恋にとって、償いだったのかもしれない。でも心から、もう二度と、あんな悲痛な出来事が起こらないようにと、願っていた。

彼女が、見えないいじめに犯されて、希望をなくさないようにと。


教室を包囲していた嵐が去り、窓の外には卒業式にふさわしい晴れ間が広がっていく。

「もう、わかったでしょう……？　私が生き残る権利なんて、ないんだよ」

苦く笑い、花恋は言った。

留津は神妙な面持ちで俯いている。

「……それでも、うれしかった。朝倉さんが、私と二人一組になってくれて」

すると美心が、言った。

「そして今日は、みんなが手を繋いでくれて……うれしかった」

見間違いでなければ、美心は微笑んでいた。

今日は全員が、後半になればなるほど——美心と二人一組になりたがった。

花恋は思う。それを、あり得ない光景だと思うこと自体が、あり得ないのだと。

このゲームが始まったときも、漆原亞里亞が最初に失格になったときも、花恋は不思議とこわくなかった。誰かが死んでいくたびに、当然の報いだとすら思った。さっき、日千夏が死んだときですらも。

大きい小さいにかかわらず、『いじめ』で人は死ぬ。

加担しなくても、例えば見て見ぬふりをしていただけでも、それはもう——死刑なのだ。

「水島さん、ありがとう。でも……私はやっぱり、死刑になるべきだと思う」

だから朝倉花恋は、自分にそう判決を下した。

「……それは間違ってる」

しっかりとした口調で、美心がそう言い放つ。

「……華菜さんは絶対に、朝倉さんが死ぬことを、望んでない。私にはわかる……。だって、すべてを聞いた今も、私は朝倉さんが生き残ってほしいって思ってる。留津と、二人で」

美心がそんなふうに、留津の名を呼び捨てにしたことに動揺しながら、花恋はついさっきの記憶を呼び戻す。

留津も美心の名前を呼び捨てにしていた。——だから花恋、美心と手を繋いで、と。

やはり二人の間には、何かがあるのだ。そう感じながら、花恋は答える。

「……留津と私は、もう二人一組にはなれないよ。だから水島さんが生き残るほか、ないんだよ。そして、私は最初から水島さんに生き残ってほしいって思ってた」

花恋はこの後、もう一度留津と手を繋ぎ、一緒に失格になるつもりだった。

そうすれば美心が余り、美心だけが助かる。前例に倣うのなら、二人一組になったまま失格になれば、二人ともきれいな状態で死ぬことができる——。

しかし美心は黒板を指さして、こう続けた。

「規則には【最後まで残った二人、及び一人の者が、卒業生となります】と書いてある……だからきっと、二人一組にならなくても、いいはず」

花恋ははっとして、その規則をもう一度読んだ。

二人一組になるのに必死で、そんな手段があったことには、まるで気が付かなかった。

美心は待機している時間が長かったから、誰よりも規則を読み込んでいたのかもしれない。

もしも――二人一組にならなくてもいいのなら、留津と美心で生き残ることも可能になる。

「でも……特定の生徒が余ったら、特定の生徒以外全員が失格だって、書いてあるよ」

花恋は指摘した。これまでおそらく全員が、その規則だけは意識してゲームを進めてきた。そして美心が『特定の生徒』であることは、もはや疑いようがなかった。

「余らなければいい」

芯の通った声で美心は言うと、ゆっくりと花恋に背を向けた。

「……花恋ちゃん、スノードロップの花言葉を覚えてますか……？」

その問いかけが何に繋がるのか、花恋にはまだわからなかった。

「……あなたの死を、望みます」

それよりも美心が、自分のことも下の名前で呼んだことにどきりとしながら、花恋は答えた。

美心はこくりと頷き、

「――私、ふたりに出会えて、本当によかった」

そう告げると、教室の入り口に向かって、歩きはじめた。

これから美心が何をしようとしているのか。そんなことは、いくらバカな自分でも理解できた。

「……美心、待って！」

迷うことなく、その背を追いかけて、折れそうに細い美心の腕を強く摑んだ。

心臓がばくばくと波打って、花恋は今にも息が止まりそうだった。
そうしたのは、自分ではない――留津だった。

【いじめに関するアンケート】

このアンケートは、皆さんが、より良い学校生活を送るために実施されます。ここに書かれた答えは、公開されることはありません。名前を書きたくない場合は、書かなくても構いません。

・この学校には、いじめがあると感じますか。

~~［はい］~~　~~［いいえ］~~　わかりません

・あなたは今、いじめられていると感じていますか。

［はい］　［(いいえ)］

・「はい」と答えた人。そのいじめは、どのような内容のものですか。

［　　　　　　　　　　］

・あなたは今、誰かをいじめていると感じていますか。
または、誰かをいじめたことがありますか。

~~［はい］~~　~~［いいえ］~~　気がつけなかった

・「はい」と答えた人。そのいじめは、どのような内容のものですか。

ライングループ内での、悪口。

・あなたは、いじめについて、どのような考えを持っていますか。

いじめをした人間は、死刑になるべきだと、思います。

・どうすれば、いじめがなくなると思いますか。

いじめに関わった人、見てみぬふりをした人を、死刑にできる制度ができれば。

十五回目

朝倉 花恋 ― 金森 留津

大神 リサ ― 水島 美心

【失格】 佐伯 日千夏

大神 リサ

残り三人

残り五分

十六

卒業おめでとう

出席番号7番　金森留津《かなもりるつ》

「ごめん……美心、ごめん」

縋《すが》るように、水島美心の骨と皮だけのようなやせ細った腕を掴みながら、留津は頭を下げた。

血に塗れた床に、溢れてくる感情の粒がぽろぽろとこぼれる。留津は美心の顔を見られないまま、垂直に落ちていく涙の透明さだけを見届けながら、再び告げた。

「ごめんなさい……。本当に償わなきゃいけないのは私……死刑になるべきなのは私なんだ」

「留津、顔を上げて」

そう促したのは、朝倉花恋だった。

「ちゃんと教えて、二人のこと」

淡々と、花恋が言う。

花恋は、気が付いていたのかもしれない。否、気付いていただろう。

「いじめのない教室を作りたい」などと偉そうに語っておきながら、体育の時間に、頑なに美心と二人一組にならないのはおかしいと、自分でもわかっていた。

留津は頷き、手の甲で涙を拭うと息を調えた。そうして、閉ざしてきた重い口を開く。

「……中学の時、私と美心は、親友だった……」

大親友だった。

「美心、次、体育だよ。はやく着替えて行こう」

「うん！」

学校にいるときは、いつも二人で行動していた。まるで磁石が引き合うように、留津と美心の手は繋がれ、お互いにその温もりを感じない日はなかった。


「金森さん、いつもありがとう」

はじめて美心に話しかけられたのは、入学してから二カ月ほどが経った梅雨の季節だった。

「えっと、何のお礼？」

留津は首を傾げた。

「花瓶の水、たまに替えてくれてるでしょ」

美心は言い、教室の後方の棚に飾られている花瓶を指さす。

「ああ、そんなことに気が付いてくれてたんだ」

「うん。だって花瓶の花、私が校庭の花壇で育てたのを、摘んできてるから」

「そっか。水島さんは、園芸部だったたね。いつもきれいなお花、ありがとう」

「別に。教室に花があると、なんかいいかなって。まあほとんど誰も、見てくれてないんだけどね。だから金森さんが、水を替えてくれてるって知ってうれしかったの」

あのとき、照れくさそうに笑った美心の顔が、留津の記憶のなかにはまだある。

そう。あの頃の美心は、クラスの亡霊などではなかった。むしろ、こんなふうに自分から話しかけてきてくれるくらい、クラスメイトと積極的に仲良くしていた。特別目立つ生徒でも、容姿が優れている訳でもなかったが、美心の周りにはいつも人がいた。

それは美心が持つ、圧倒的な心の美しさが、人を引き寄せるのだと留津は知っていた。

留津はこれまで一度も、美心が誰かの陰口を叩いているのを聞いたことがない。

思春期真っ只中の女子が集まれば必ずと言っていいほど誰かの批判を伴うのが常の世界で、留津も周囲に合わせて、悪口に頷いた覚えくらいはあった。でも美心は絶対に、そういうことすらしなかった。


「あの……水島さん、もしよかったらなんだけど、今からスタバの新作飲みにいかない」

その日の放課後、留津は帰り支度を終えると、美心の席へ行き、勇気を出してそう誘った。

優等生ということだけが取り柄だった留津にしてみれば、クラスのほとんどの生徒と仲良くしている美心は、自分よりも華のある存在だった。

「なんで……スタバの新作？」

美心が不思議そうに首を傾げる。

「……えっと、友だちになるため、に」

しどろもどろになりながらも、留津は答えた。

これまで留津には、心から友だちと呼べる存在ができたことはなかった。正しくは、クラスメイト以上になりたいと思う生徒はいなかった。

でも留津は入学当初から、美心と、友だちになりたいと思っていた。それは、美心と自分はどこか似ていると――あるいは同じ心の容れ物を持っているのではないかと、そう感じていたからだった。

そして、一緒にスタバの新作を飲むという行為は、クラスメイトたちのSNSの投稿から察するに、友だちになる第一関門のような気がしていた。

「うん、行こ」

美心はツボにはまったようにふっと笑い、手を差し出してくれた。

二人は鴨川の岸に並んで座り、テイクアウトした新作ドリンクを飲んだ。季節限定のストロベリー・チーズケーキ・フラペチーノ。

「めっちゃ甘いね」

「うん、めっちゃ甘い」

それまで留津は、スタバに行ってもわざわざ新作を注文したことはなかった。いつもキャラメルマキアートを頼んでいた。慣れた味のほうが安心だったし、間違いなかった。だからその甘さは、美心と一緒にいるからこそ味わうことができたのだと思うと、余計に美味しく感じた。

「水島さんは、どうして園芸部に入ったの。ほら、あの部活って……あんまり人気、ないから」

舌の上でその喜びを転がしながら留津は訊いた。

「うん。全然ない。地味だし。でも私は花が好きだから楽しいよ」

「……なんで、花が好きなの？」

正直留津には、花の良さがわからなかった。春、父に連れられて夜の円山公園へライトアップされた枝垂桜を見に行ったときも、肌寒さが勝り、たこ焼きを食べたらはやく家に帰りたいと願うほどに、花見に興味が持てなかった。

「きれいだから」

涼しい目元で鴨川のきらめきを見据えて、美心が答える。それはとても澄んだ答えだった。きれいだから好き。美心が花に対してそう思うように、留津はやっぱり、彼女の素直さを、誰の陰口も言わない心の美しさを、好きだと思った。

それからはずっと前から約束していたみたいに、日が暮れるまで色んなことを語った。

新作を飲み終える頃にはもうきっと、友だちだった。


そうして一年後の春には、二人の仲は、完全に親友と呼べるまでになっていた。

「留津、今日お母さん、友だちと旅行みたいで、夜、一人だから泊まりに来ない」

時々、母親が不在にしているときに限って、美心はそう誘ってくれた。

美心の家は母子家庭で、母親が水商売をしているということは、部屋の様子からもなんとなく気が付いていたし、美心も隠す様子はなかった。

「うん、行く」

コンビニで調達したお菓子を持ち寄り、二人きりで過ごす夜は、学校にいる時とは違う楽しさがあった。眠るのが惜しくて、いつも夜通し話し続けた。毎日一緒にいるのに、話が尽きないことが不思議だった。

留津の家は、美心とは逆で父子家庭だった。もともと父は無口だったが、留津が九歳の時に母が病気で亡くなってからは、さらに口数が少なくなり、生きる気力を失くしていた。ひたすらに仕事と家事に明け暮れ、妻を失った哀しみを紛らわしているように見えた。そして留津が中学二年生になってからは、出張と言って外泊することが増えていた。だから、こんなふうに突然、美心の家に泊まっても注意されることはなかった。

「お父さんさ、隠してるつもりなんだろうけど、恋人ができたんだと思う。もうお母さんのこと忘れちゃったんかな。あんなに仲良しやったのに……なんか切ない」

夜明け前、留津は溜め息交じりに、美心に打ち明けた。

母がこの世を去ってから五年が経ち、まだ四十歳と若かった父が、違う人と新しい人生を歩み始めることは、仕方ないことだとも思う。誰だって、辛い時ほど誰かに傍にいてほしい。きっと父だって、そうなのだ。最近は顔を合わせると、以前の笑顔を取り戻しつつあった。

「うん、それは切なすぎる」

どれほど深く悩んでいても、美心が頷いてくれるだけで、留津の心は魔法のように少し晴れた。

「この世にはさ、変わらない気持ちって、あるんかな」

留津はそれを信じたかった。

「少なくとも、私の留津への気持ちは、ずっと変わらないよ」

窓の外の空が白んでくる。夜と朝の狭間を瞳に映しながら、美心が微笑んで言った。

「うん、私も。それは絶対、変わらない」

留津もそう答えた。あのとき、布団のなかで自然と繋ぎ合った手の感触を、留津は今も忘れていない。

「私、美心といるときがいちばん、ありのままの自分でいられる気がする」

繋いだその手を、しっかりと握りしめて留津は言った。

「うん。私も」

ずっと親友でいようね。二人の間に、そんな誓いは要らなかった。永遠にこの関係が変わることはない。そう留津は信じていたし、きっと美心も、それを疑うことはなかった。


けれど二人の永遠は、それから僅か三カ月で終焉を迎えることになった。

中野勝音が属していた七人グループ——一軍女子の紗英《さえ》と、勝音を含めたその取り巻きが集まっていた——の一人の生徒が、急にはぶられるようになったのがすべての始まりだった。

紗英が交際していた他校の男子と、その生徒が歩いていた、という目撃情報があったらしい。

「あの……無視とか、仲間外れとか……そういういじめは、よくないと思う」

そういう状況が一週間ほど続いたとき、紗英に向かい、留津は言った。紗英の席を囲う取り巻きが、一斉に留津を睨む。

はっとしたように紗英は目を見開いたあと、一軍女子が持つ、怖さと美しさを備えた笑みを浮かべて言った。

「そうだね。気をつけるね」

留津はぞっとしながらも安堵した。学級長であるからには、クラスで起こった問題は自分が解決しなければならないという責任感があった。それに、どんなに些細な『いじめ』でも、見逃すべきではないと、話し合えばきっと分かり合えると、留津はそう信じていた。

翌日、はぶられていた生徒はこれまで通りグループに馴染んでいた。解決したのだと、勇気を振り絞ってよかったと、留津は自分の正義感を褒めずにはいられなかった。しかし、達成感に浸れたのは、昼休みまでだった。

彼女がはぶられなくなった代わりに――、留津のお弁当箱に虫が入っていた。

悲鳴を上げる留津を遠巻きに見て、勝音たちのグループがクスクスと笑い声を立てた。

留津は、すぐに蓋を閉めて自分で作ったお弁当をゴミ箱に捨てた。百均で買ったお弁当箱に未練はなかったし、もう一度、蓋を開ける勇気もなかった。

「留津、大丈夫？　こんなことするなんて、最低だね。私の、一緒に食べよ」

美心がそう気遣ってくれたが、食欲はわかなかった。明日からはお弁当じゃなく、パンにしようと誓った。この嫌がらせが、少なくとも今日だけで終わらないことを、留津は悟っていたのだ。

そしてその夜、クラスのライングループに来た通知を開いたとき、それは、絶望と共に確信に変わった。

『本物のいじめって、知ってる？』

紗英のアイコンが放ったふきだしが自分に宛てられたものだということは、明らかだった。

それからはじまった『本物のいじめ』は、十四歳の少女には辛すぎるものであり、無視をされるだけの日が天国だと思えるほどだった。

最も耐え難かったのが、掃除用具入れのロッカーに、閉じ込められることだ。

留津は幼い頃、かくれんぼで入ったタンスが開かなくなり、半日ものあいだ閉じ込められた経験から、極度の暗所恐怖症だった。パニックに陥り、扉を叩き続けた。だが、どれほど泣き叫んでも、先生が通りかからない限り、扉がひらくことはなかった。

そのような日々が一カ月も続けば、留津の心はもう、死にたいということ以外、何も考えられないほどにぼろぼろになっていた。悪意を浴びるたび、正義を信じていた自分の心が、これほどまでに弱いことを思い知った。

留津の希望はもう、美心だけだった。美心がいなければ、本当に死んでいたかもしれないと思う。

そう。この教室の中で、美心という存在だけが留津の居場所だった。

「二人一組になろう」

体育の時間も、いつもと変わらず、美心は留津を誘った。

大多数の安全地帯に回ることなく、親友でい続けてくれた。

だから——そのせいで、矛先が、留津から美心に変わるのは一瞬だった。

「いじめなんて、幼稚すぎる！」

ロッカーに閉じ込められた留津を助けたあと、教室中にぶつけるような声量で、美心が怒りを放った翌日のことだった。

「なあ留津、私と組もう」

その日の体育の時間、紗英に指示されたのだろう——あたかも仲のいい友だちかのように、勝音がそう誘ってきた。

それが、いじめ終了の合図であると、留津にはわかった。同時に、この手を取れば、自分への悪意が美心に移るのだろうということも。

「うん」

でも、留津は拒否できなかった。こわかった。恐ろしかった。逆らって、またあの日々に戻るのだと考えるだけで、気絶しそうになった。

それから標的が、美心へと変わったいじめは、自分に向けられたものよりも、どんどん目も当てられないほどに酷くなっていった。

理由は、ただ一つ。――留津が美心を庇《かば》わなかったから。

その結果「二人一組になってください」の号令がかかると、必ず美心が余るようになった。


『放課後、スタバの新作飲みに行かない』

そう美心からラインがきたのは、勝音の手を摑んでしまった日から、一カ月が経った頃だった。

『うん』

留津は安堵して、すぐに返事を打った。

あの日以来、留津は学校で美心と話せずにいた。恨まれているかもしれないと思うと、自分からラインをする勇気も持てなかった。本当は毎日、心から謝りたかった。自分のちっぽけな正義感のせいで、こんな事態になってしまったことを。恐怖で助けられないことを。

学校の外でなら、ちゃんと話せると思った。

「あの、美心……私」

だが、初めて二人で話したときのように鴨川の岸辺に座り、懺悔しようとしたそのとき――、

「留津、絶交しよう」

美心はそう言ったのだ。

「……絶交？」

胸を刺されたような痛みが走り、テイクアウトしたばかりのストロベリー・ディライト・フラペチーノが掌から滑り落ちた。倒れたカップから、ピンクの飲料とホイップが鴨川に流れていく。

その様子を眺めながら、美心は続けた。

「うん。もう二度と、話さないようにしよう」

怒りを含んだ声色ではなかったが、その提案を覆すことはできないのだと感じる口調だった。

「美心……私、私」

留津は咄嗟《とっさ》に、美心の手を取った。

謝ろうと思うのに、言葉より先に、涙が溢れてうまく話せない。

「留津、泣かないで。私なら、大丈夫」

すると美心が、そう言って微笑んだ。視界が涙に覆われていても、それが哀しい笑顔だとわかった。

「ねえ留津、絶交しても、親友でいよう。この気持ちは変わらないよ、ずっと」

温かい美心の手が、ひんやりとした留津の手を優しく握り締める。

留津は、涙に溺れて、もう何も言えなかった。ただ何度も頷きながら、その手をぎゅっと強く握り返した。

前々回、ゲーム中に二人一組になるまで——それが、美心と手を繋いだ最後だった。

「美心……ごめん……本当にごめん。こんなことになったのも、ぜんぶ、私のせい……」

留津は、泣き崩れていた。自分に泣く権利などないことはわかっている。あの時も、泣きたいのは美心だっただろう。

「……さっき、うれしかったよ。留津が二人一組になってくれて」

美心が言う。それは、鴨川で話していたときと変わらない、友だちだった頃の話し方だった。

「ずっと、願ってたから。留津がまた、私と手を繫いでくれたらいいのにって」

その哀しい笑顔に、ぜんぶの感情がこみ上げる。

絶交されたあと、留津は一度だけ、勇気を振り絞り美心にラインを送ったことがある。だが、ブロックされていたのだろう。届かなかった。だから中学の卒業式の日、留津は「卒業おめでとう」と、美心に声をかけるつもりだった。それからまた、友だちに戻れるかもしれないと淡い期待を抱いていた。偏差値の低いこの高校に進学したのも、それだけが理由だった。

でも美心は、卒業式に来なかった。

そして入学後に、美心と友だちになることも、叶わなかった。

——教室に勝音がいたから。

あんなに勉強していたのに、勝音は志望校に落ちていたのだ。すべてを知る勝音の前で、調子よく美心に話しかけることが、留津には出来なかった。中学時代のことを誰かに告げられて、またいじめられたらと思うとこわくもあった。

何より美心はもう、自分のことを友だちなどとは思っていないだろうと——いっそ殺したいほどに恨んでいるだろうと、そう考えるほうが自然だった。

「……私、二人はきっと友だちなんだって、わかってたよ」

涙にむせび留津が喋れないでいると、花恋が口を開いた。

「時々、留津が朝、校庭の花壇を見ているのも知ってた。それにいつも、このゲームが始まってからもずっと、留津は、水島さんのこと、気にしてたよね？」

花恋の問いかけに、留津は制服の袖で涙を拭いながら、ゆっくりと頷く。

そう。美心が育てた花を見に行っては、自分を戒《いまし》めていた。裏切ったあげく、二人一組になる勇気もない自分を許してほしかったのかもしれない。そして、償いたかった。

だからこのゲームが始まり、一回目で、留津が花恋と二人一組にならなかったのは、花恋と二人で生き残るためではない。美心と花恋が生き残るための、策略だった。非道だと思うが、一回目に美心が余りそうなら、双子のどちらかを裏切って、自分が手を取るつもりでいた。

「ちゃんと、特定の生徒について考えよう」そう働きかけたのも、「水島さんに投票する人」と名指しで投票させることで、美心が待機になるようにゲームを運んだのもぜんぶ、二人に生き残ってほしかったから。

「やっぱり花恋は、賢いね」

留津は花恋を見つめ、鼻水を啜ると、小さく微笑んだ。

「花恋、私ね……あの日、花恋が生徒会室に現れたとき、それだけで新しい人生が始まったような、そんな感覚になったの。先生になって、いじめのない教室を作りたいって話したとき、花恋が『留津ならできるよ』って、そう言ってくれただけで、絶望で溢れていた心に希望の光が差した。放課後、花恋と過ごしている時間だけは、いじめを受ける前の、純粋だった自分になれた気がした。花恋の友だちだというだけで、いつも誇らしかった」

一言一言に、花恋が頷く。それだけで、荒んだ留津の心に、美心が育てていたような美しい花が咲く。

「あのね、花恋。さっきも言ったけど、花恋は賢いよ。絶対にバカなんかじゃない。勉強だって、どんな問題も、教えたらすぐに解けるようになった。それに……花恋は、恐れなかった。ちゃんと過去に向き合って、行動した。美心と二人一組になった。私は、自分を守って何もできなかった。だから花恋は本当にすごいし、偉いよ」

言い終えて、留津は思う。やはり、最後に生き残るべき存在なのは花恋だと。

「留津、ありがとう。私もね、留津といるときは、楽しくて、華菜の死を思い出さずにいられた。華菜とまた、話しているみたいな気持ちにもなれた。留津のおかげで、大学にも受かって、はじめて自分に自信が持てたんだよ。私は、留津と友だちになれなかったら、きっと何もできないままだった。だからね、留津は将来、絶対にいい先生になれるって、私が保証するよ」

花恋は笑顔で言い切ると、美心のほうに視線を向けた。

「ねえ――水島さんは、素敵なお花屋さんを開くのが夢なんだよね？　愛情たっぷりに育てられたお花を、きっとみんなが買いに来る。想像できるの。私にはね、夢なんてないから。だから私は、二人に生き残ってほしい。それに……二人はずっと、親友なんでしょ？」

花恋が、問いかけながら、その掌を、自身の胸元のコサージュに宛《あて》がった。言わずもがなそれは、自死を決行する合図だった。

留津は慌てて花恋に駆け寄ると、即座にその腕を掴み――そして、叫んだ。

「二人一組になってください！」

・二人一組になってください

それは――規則の一番初めに書いてあることだ。

「……二人一組にならないと、失格になる。二人、及び一人の者――そういう記述がされているのは、特定の生徒が余ったときのためで、二人で生き残るのなら、絶対に二人一組じゃないといけない」

花恋と――いや、美心と二人一組になったときから、留津は理解していた。これで生き残れるのは、美心と花恋の組み合わせだけだと。自分は失格になると。

留津は深く息を吸ったあとで、花恋の腕を摑んだまま、美心を振り返った。

「美心……本当にごめん。謝っても、赦されることじゃないと解ってる。でもね、これだけは、信じてほしい。花恋がさっき訊いたこと……、私は美心のこと、今でも親友だと思ってる。ずっと、その気持ちが変わることはなかったよ」

でもそれは、どんな時も、美心が味方でいてくれたからだ。留津は、このゲームがなかったら、二度と美心の手を取ることもできなかっただろう。

「だけど私は美心を裏切った。二人一組にならなかった。あの日から、美心の気持ちはもう……変わってしまったよね？」

前髪に隠れた美心の涼しい目が、留津を見据えていた。

でも、その口から言葉が発せられる気配はない。それが、答えだった。

「美心、花恋、こんな私と、友だちになってくれてありがとう」

留津は言い、二人に向かい微笑みを作った。きっと、哀しい笑顔に違いなかった。

それぞれの足元に、雲の隙間から顔を出した太陽の光が差し込む。

——残り時間は一分。

留津は迷うことなく美心の手首を摑み、その手を、もう片方の手で摑んでいた花恋の手と、磁石を引き合わせるように近づけた。

そして、美心がそっと花恋の手を繋いだ。

「卒業おめでとう」

涙を堪えて留津は言った。このゲームが始まった時から、そう言おうと、決めていた。

【いじめに関するアンケート】
このアンケートは、皆さんが、より良い学校生活を送るために実施されます。
ここに書かれた答えは、公開されることはありません。
名前を書きたくない場合は、書かなくても構いません。

・この学校には、いじめがあると感じますか。
［はい］［いいえ］
・あなたは今、いじめられていると感じていますか。
［はい］［いいえ］
・「はい」と答えた人。そのいじめは、どのような内容のものですか。
例えば体育の時間、二人一組になってください。と、言われたとき、特定の生徒が余ることについてです。
・あなたは今、誰かをいじめていると感じていますか。
または、誰かをいじめたことがありますか。
［はい］［いいえ］
・「はい」と答えた人。そのいじめは、どのような内容のものですか。
私はその特定の生徒と手を繋いでいません。
・あなたは、いじめについて、どのような考えを持っていますか。
赦されることではないと思います。絶対になくなるべきだと感じます。

・どうすれば、いじめがなくなると思いますか。
いじめられる側にならなければ、その辛さはわからないと思います。
でも、いじめられる側になることは、すべての希望を失うことです。
絶望のなかは真っ暗で、何も見えなくなる。
その恐怖で、大切な友だちや、自分の命をも、手放してしまう人もいる。
それはもう、取り返しがつかなくて、いじめそのものよりも、哀しいことです。
だからこそ私は、将来教師になって、いじめのない教室を作りたいです。

十六回目

【卒業】
朝倉 花恋 ― 水島 美心
【失格】 金森 留津

残り一分

十七

特定の生徒

出席番号24番　水島美心《みずしまみしん》

――卒業式が始まります。卒業生は教室を出て、直ちに講堂へ移動してください。

金森留津の制服から花びらが散り始めると同時に、黒板上の黄ばんだスピーカーからはアナウンスが流れた。久々に耳にしたように感じる鈴田先生の声だった。

「私のことは気にせず、行って」

声を震わせながら、留津が言う。

だが、朝倉花恋と同様に、美心はなかなか動きだせなかった。

これまで失格になった二十四人もの生徒の死体が転がる、こんな無惨な教室で、留津が一人で死を迎えることになるのだと思うと、居た堪れなかった。留津だって、内心はこわくて堪らないはずだった。

「……失格になるから、はやく！」

けれど時計を指さしながら、留津はそう声を張り上げた。

・最後まで残った二人、及び一人の者が、卒業生となります
（卒業生は遅れず、卒業式に出席してください）

指示された十時まで、残り時間は、もう一分もない。

「……行こう」

繋がれた美心の手を握りしめ、花恋が言った。

留津の想いを、その死を無駄にしないために――覚悟を決めたのだとわかった。

美心もその手を握り返し、頷いた。

校舎の二階にあるこの教室から、一階にある体育館までは、そう遠くない。全力で走れば、間に合うはずだった。

そして二人は、留津を置いて、飛び立つように教室を出た。

物凄い爆発音がしたのは、その十数秒後だった。

一瞬、花恋は立ち止まったが、もう振り返らなかった。美心も。振り返る勇気も時間もなかったし、留津が失格になった音だということは、考えるまでもなかった。

手を繋いだ瞬間、二人一組だと判定されるのなら、もう手を離しても、問題なかったのかもしれない。けれど、繋いだ手が離れないように、二人は走った。美心がこんなに本気で走ったのは、留津と友だちになって間もない頃、中学一年生の体育祭ぶりだった。


制限時間寸前に、二人は体育館に辿り着いた。

今から卒業式が行われるとは思えない、椅子も紅白幕も用意されていない――殺風景な、いつもの体育館だった。

先生の姿もなく、しんと静まり返った空間には、花恋の啜り泣く声だけが響いている。

言葉通り、命がけで走っていたから、花恋が泣いていることに、辿り着くまで気が付かなかった。

「卒業おめでとうございます」

壇上から鈴田先生の声がして、美心は乱れた息を整えながら、前を向いた。

ゲームを終えた今、先生に対して訊きたいことは山ほどあった。だが何を訊いても、無意味だということも知っていた。花恋も同じ気持ちなのだろうか。流れる涙を拭うことなく先生を見つめ、美心と同じく黙っていた。

「今回は……二人一組になったんですね」

すると先生は、自分たちを見下ろしながら、陰りを含んだ声でそうこぼした。

――今回は。

……ということは、前回は二人一組にならなかったということなのだろうか。

【特別授業】が行われたのは、これが初めてではないことは、ゲーム開始前に、先生が語っていたことから明らかになっている。

しかし考えてみれば、確か星川更紗が言っていたように――一クラス分もの生徒がいっきに死亡するようなことがあれば、大事件になっているはずだった。でも、こんな残虐な殺人ゲームが起こったなどというニュースを、美心は聞いたことがない。

記憶を巡らせていると、先生は続けた。

「……二人は七年前、卒業旅行で長野にスキーに行った生徒たちを乗せた大型バスが、崖から転落して、バスに乗り合わせていた生徒全員が亡くなった事件を知ってますか」

七年前、美心はまだ小学五年生だったが、母が仕事に出かける夜は、一人で淋しくテレビばかり見ていたので、何度も繰り返し報道されていたその事件のことは、断片的にだが覚えていた。

「ニュース番組では、クラスで唯一助かった生徒は、病欠のため不参加だったと、報道されました。……でも、真相は違う。移動するバスの中で——このゲームが行われたの。そして、私だけが生き残った。そう。私が最後、誰とも手を繋がなかったから。だって……誰も私の友だちじゃなかった。言い換えるのなら、誰も友だちになってくれなかった。だから私はあのとき……みんなが死んでいくのが、本当にうれしかった。私と手を繋ぎたがるのが、愉快で堪らなかった。いつもは私のことを亡霊扱いして、無視していたのに、突然友だちぶって名前を呼んで、生き残りたくて、滑稽なくらい必死だった」

その時の光景を思い返しているのだろう、先生は笑顔を浮かべていた。でもそれはいつか美心が留津に向けたのと同じ、胸が詰まりそうなほどに哀しい笑顔だった。

「私が教師になったのは、この【特別授業《ゲーム》】を通して、私を救ってくれた先生のようになりたいと思ったから。私はね、このゲームのおかげで、人生に希望を持つことができた。人の心を殺した人は、ちゃんと制裁を受けるんだって、信じられたから。そしてもし、自分が受け持ったクラスに、私のような生徒がいたら、救いになろうと決めていた。どんなに目に見えにくいいじめでも、その生徒にとっては、死にたいほどの孤独だということを、誰よりも知っているから。……だから今回も『特定の生徒』は、私がそうであったように、このゲームが行われたことを喜んでくれると思っていた。なのに……、水島美心さん、あなたはどうして泣いてるの」

先生の問いかけに、美心ははっとして我に返った。

花恋の涙に気が付かなかったように、いつから自分が泣いていたのか、わからなかった。

あの日、留津に絶交を告げた日からずっと、泣いていたような気もした。

「………親友が、いたから」

頬を伝う涙の温度を感じながら、美心は答えた。

今でも鮮明に覚えている。あの日、絶交しようと言ったのは、怒りからじゃない。また標的が留津に戻り、彼女がいじめられるのを見たくなかったから。留津がこれ以上、酷い目に遭うのが嫌だった。留津が大切だった。

ずっと、留津への気持ちは、変わらないはずだった。

でもさっき、留津に気持ちが変わったかと、そう問われたとき、何も答えられなかった。

留津から自分に標的が変わったことを、受け止めたはずなのに、一度も助けてくれなかった留津のことを、迷うことなく勝音と手を繋ぎ、それ以降二度と、二人一組になってくれなかった留津のことを、もう親友だと答えることはできなかった。

それから突如として、学校中に火災を知らせる非常ベルの音が鳴り響いたのは、三人の間を短い沈黙が過ぎたあとだった。けたたましさに立ち眩みを覚えながら、美心は辺りを見回す。体育館に火の気は感じられない。

「安心してください。ここはまだ燃えません」

先生は焦ることなく、平然と事もなげに言った。

その物言いは、先生自身が、この校舎のどこかに火をつけたことを示唆していた。

「今からこのゲームは、学校ごと火の海の中に葬り去られます。水島美心さん、『特定の生徒』であるあなただけは、巻き込まれなかった。なぜならあなたには友だちがいないから。卒業式が終わって、すぐに帰った。教室に残って写真を撮る必要がなかったから。……そう、供述してもらう予定だった。でもそれはもう出来なくなった。朝倉花恋さん、あなたも生き残ってしまったから」

それは、隠されることのない、憎しみの込められた声だった。

先生は花恋が転校してきた理由を知っているのだと、美心は悟った。

だからこそ、花恋が転校してきてすぐに、全国で配られているなどという嘘を吐いて、あの「いじめに関するアンケート」を配ったのだと。美心はあれから、教室内に限らず、他の生徒がどう答えたのか気になって、アンケートについて、ネットで調べたのだ。でもSNSには一件も、アンケートに関する事柄は呟かれていなかった。全国に配られたのにだ。それはあまりにも不自然だった。だから美心は――ゲームのためとは想像もできなかったが――先生が自分を想って作ってくれたのだと気が付いていた。

「でも体育の時間、あなたは唯一、水島さんと二人一組になっていた。あなたにどんな過去があろうとも、そのことは評価していた。それが懺悔の気持ちからだったとしても、水島さんにとって、あなたは神様だったはず。私も学生時代、あなたみたいな人が現われたら、一緒に生き残りたいと思ったかもしれない」先生は息継ぎをし、続けた。「ねえ水島さん、最後に訊いていいかしら。もし、最後に残った生徒が朝倉さんじゃなかったら……あなたは二人一組になれた？」

その質問は、この三年間ではじめて先生に責め立てられていると感じるものだった。だが美心は、こんな事態になっても、いつも自分を気にかけてくれていた先生のことを、嫌いにはなれなかった。

「いいえ」

静かに答えながら、美心ははっきりと思った。

最後に残った相手が花恋でなければ――自分も先生のように誰とも二人一組にはならなかっただろうと。

「――あの」

そのときだった。

「他の先生や、保護者の人はどこにいったんですか」

物怖じせず、静観していた花恋が、鋭い声色でそう問いかけた。

はっとして美心は再び思い出す。――今日は卒業式に、母が来るのだということを。

「他の先生たちは、昨日から地下の道具置き場にいます。いじめは学校が作り出したものだから、責任を取らなくちゃいけないから」

それは昨日のうちに閉じ込めた、という意味に他ならない。確かにあの地下は深く、助けを呼ぼうにも電波が繋がらない上に、重厚な扉は、中からは開けられない仕様になっている。そして、教師などという激務に就いている大人が一日帰らなかったくらいでは、警察沙汰にはならない。

もっとも、このような複雑なゲームを仕掛けた先生ならば、連絡など幾らでも細工できたはずだ。

「紅白幕を取り出せなくて、折角の卒業式なのに殺風景になってしまって、ごめんなさいね。それから保護者の人には、卒業式は十一時からだと伝えてあるので、この火事に巻き込まれることはありません。安心してください」

その回答に、美心は安心というより、感心した。確かに保護者へのプリントにわざわざ目を通す生徒はいない。一ヵ月前、美心も内容を確認することなく、母に転送した。

「先生は、どうするんですか」

花恋が続けて訊く。

「私ももちろん、責任を全うします。それが、ずっと続いている規則だから」

先生は陰りを含んだ笑みを浮かべ、そう答えた。

そんな規則は、黒板に書かれていなかったはずだ。だが、轟き続ける非常ベルの音で酷い眩暈がして、今の美心にはもう、そのことについて考える余力は残っていなかった。

その刹那、ガシャンと窓ガラスが割れる音が鼓膜を貫いた。炎がもうそこまで近づいてきていた。ひとたび火が回れば、京都で最も古いとされている、この小さな校舎が全焼するのは時間の問題だろう。

「美心、行こう」

潔く、花恋が言った。

それは、はじめて花恋に、下の名前で呼ばれた瞬間だった。

「うん」

高鳴る鼓動を抑えられないまま、美心は頷いた。

二人は先生を残して、体育館の外へと駆けだした。

廊下を経て、アーチ形の正面玄関を潜ると、そこには、さっきまでの嵐が嘘だったかのような、雲一つない青空が広がっていた。春のやわらかな風が吹いている。その風の中を、花恋の手に引かれながら、美心は走った。

信号を渡り、八坂神社を抜けて――辿り着いた先は、円山公園だった。

「あそこに座ろ」

息を整えながら、花恋が池の前にある石のベンチを指差す。

同じく息を整えながら、美心は頷いた。

最後に二人一組になってからまだ、一度も手を離していない。離すのがこわかった。それは花恋も同じなのだろう。ベンチに座ってからも、手は繋がれたままだった。

円山公園のシンボルである枝垂桜には、ちらほらと桜の花がつきはじめている。

「……『友を待つ桜』って、素敵な話だったね」

桜を見上げながら、花恋がぽつりと呟いた。

美心も覚えている。宵谷弥生が失格になる寸前に話していた。最初に咲いた桜は、最後のつぼみが花になるまで散らずに待つのだと――。

「うん」

枝垂桜の周りを、数十羽の鳩たちが旋回している。美心は今、生きていることに、現実感が湧かなかった。突然始まった死のゲームを終え、クラスメイトたちの命が次々に奪われたことも、こうして花恋と生き残れたことも、何だかすべてが夢だったように思えた。

「ぜんぶ……夢だったらよかったのにね」

すると、心を読むように、花恋が言った。花恋にとっては、親友であった留津が犠牲になり、友だちでもない自分と生き残ったことは、悪夢でしかないだろう。

「……ごめんなさい」

美心は思わず俯き、そう零した。罪の意識を感じていないわけはなかった。【特別授業】と題されれた、あの残酷のゲームは、『無自覚の悪意』により、いじめをした生徒を罰するために行われた。つまりクラスに『特定の生徒』である自分が存在していたことにより、ゲームは開催され、クラスメイトたちは死を迎えたのだ。

「どうして、謝るの」

「だって……私が留津を、殺したから」

そして最後、留津が引き寄せてくれた花恋の手を繋いだ。つまり自分が、留津の失格を決定づけたのだ。でもあの瞬間、美心の心に迷いはなかった。

「どうして、そう思うの」

「……一年前、スノードロップの花言葉の話をしたときのことを、覚えてますか」

こくりと、花恋が頷く。

「あの時、誰か死んでほしい人がいるの、って訊かれて、私の頭には、留津の顔が浮かんだ……。そんなふうに感じていたなんて、自分でも驚いて、信じたくなかった。でも、もしさっき、最後に残ったのが留津だったら……私はきっと……二人一組になれなかった。留津が失格になったときも、もう心からは哀しめない自分がいた。それどころか、辛くて死にたかった日々が、報われた気さえした……。あれから、この三年間も、一度も私と二人一組になってくれなかった留津のことを……私はいつしか、殺したいくらい恨んでたんだって、ゲームをして、わかった……」

美心は声を震わせながら答えた。

それは、いじめによって、美心の心に生まれてしまった、どうしようもない悪意だった。

いじめの最中、美心が最も辛かったのは、お弁当に虫を入れられたことではなかった。親友である留津に——無視をされ続けたことだった。

留津がこれ以上、酷い目に遭わないように、自分から絶交を切り出した後も、親友ならば、いつかまたきっと——手を差し伸べてくれるはずだと、卒業式を迎える今日まで、信じてきたのだ。

「……ねえ美心、留津がね、将来先生になって、いじめのない教室を作りたいって、そんな夢を持っていたのは、美心をいじめから守れなかったことを、後悔してたからだよ。だから留津は、美心がどんな思いだったとしても、このゲームで、親友だった美心のことを守れて、うれしかったと思う」

美心を責めることなく、花恋は言った。

「それにもし……前の学校で、このゲームが始まって……運よく最後まで残って、最終的に華菜が二人一組になってくれなかったとしても、私は、華菜に殺されたなんて、絶対に思わない。だって私は、友だち失格だったから」

ゲームの終盤、花恋が懺悔をしたとき、美心には、華菜の絶望した気持ちが、手に取るようにわかった。そして、自分と同じく、クラスの亡霊扱いされていた鈴田先生が、このゲームに救われた気持ちも。

きっと、どの年代の、どこの学校にも、絶望の淵で生きている生徒がいる。希望を持てずにいる。

「スノードロップには……もう一つ、花言葉があるんです」

少しの沈黙のあと、深く息をしてから、美心は言った。

「……何？」

少し怯えたように、花恋が訊く。

美心は、俯き気味だった顔を上げ、まっすぐにその目を見つめて答えた。

「希望」

人はどんなに絶望的な状況でも、たった一つの希望があれば、きっと生きていける。孤独を煮詰めた教室で息をしている生徒たちに、もし一人でも友だちができたなら、その誰もが救われるはずだと、美心は思う。

それは美心にとって、長らく留津だった。留津がまた二人一組になってくれるかもしれないという期待だった。でも、目の前に現れた花恋が「私と組もう」そう言って手を差し伸べてくれた日から、それは変わった。

ゲームの最中も、美心が最後まで生きたいと思えたのは、花恋の存在があったからだ。二人で生き残れたら、友だちになれるかもしれないという希望が、美心の心を支え続けた。

「花恋ちゃん」

その名前を口に出して呼ぶのは、二度目だった。

ずっと、苗字ではない、友だちのように、その名前を呼んでみたいと願っていた。

だから、自ら失格になろうとしたときも、せめてその憧れを叶えてから死のうと思ったのだ。

「いつも……私と二人一組になってくれて——ありがとう」

自分で放ったその言葉に、感情が、いっせいに吹き出す。

群青色のスカートの上に、ぽたぽたと涙がこぼれた。

「私も、最後に二人一組になってくれて、ありがとう」

そう微笑み返してくれた花恋の目からも、涙がこぼれていた。

最底辺で生きる辛さが、頂点の生徒である花恋にわかるはずがないと思っていた。でも、違った。誰もが、それぞれの哀しみを抱えながら生きているのだ。死んでいったクラスメイトも、少しの哀しみも知らない生徒なんて、きっといなかっただろう。

留津だって、親友を裏切って、平気ではなかったはずだ。だから――自ら死を受け入れ、最後まで私を守ってくれた。毎朝、花壇の前に立っていたという留津の姿を、美心は見たことがない。なるべく学校にいたくないという思いから、朝早くに学校に来ることがなかったからだ。でももし、もっとはやくにその事実を知っていたら、何もかもが変わっていたかもしれないと思う。

美心は、今さらになって、その死が哀しくてたまらなかった。

「でもさ、あんな物騒な花言葉じゃなくて、その素敵な方を、先に教えてよ」

そして、花恋が冗談めいて文句を言いながら、涙を拭おうとした、そのときだった。無意識に利き手を上げたのだろう――、繋ぎ合っていた二人の手が離れた。

いっきに張りつめた緊張の下で、花恋は顔を強張らせながらも美心の目を見て頷くと、涙を拭うより先に、自身の制服からそっとコサージュを外した。何秒か経っても、もうあの、悪夢としかいいようのない反応が起こることはなかった。ただの造花になっていた。

本当に――ゲームは終わったのだ。

何台もの消防車が学校へと駆けつけるサイレンの音が、二人の耳に届いていた。

「美心は……このゲームのこと、誰かに話すの」

安堵の息を吐き、花恋が訊いた。

美心は小さく首を横に振った。火事になり、何もかもが燃えてしまったら、誰も信じてはくれないだろう。それにもう——話したところで、誰も生き返りはしない。

「じゃあ……、私たちは卒業式には出ていない。二人でサボったから、火事には巻き込まれなかった。これでどう？」

花恋が言う。それは花恋も、このゲームのことを誰にも話す気がないことを示していた。

そして、花恋の提案に頷いた次の瞬間だった。

十メートルほど先に——美心はその姿を見た。見間違いなどではない、それはぼんやりと虚ろな表情で枝垂桜を見上げる、母の姿だった。

その姿は、以前と変わらず、美しかった。美心はずっと、母に会いたかった。この日が来るのを、待ち焦がれていた。いじめの最中、お弁当に虫を入れられ続けても、毎朝、自分のために早起きをしてお弁当を作ってくれる姿がうれしくて、もういらないと言えないほどに、母のことが好きだった。

でももう——この四年間で、その気持ちは変わってしまっていた。

「ねえ花恋ちゃん、どうせサボるなら……今からスタバの新作、飲みに行きませんか」

存在を気が付かれないよう、そっと母に背を向けて、美心は言った。

「なんで、スタバ……？」

花恋が、あの時の自分のように、不思議そうに首を傾げる。

気持ちが変わっても、共に過ごした幸せを、忘れることはない。

美心は花恋に向かい手を差し伸べると、花が咲いたような笑顔を浮かべた。

「友だちに、なるために」

憧れ続けたその手は、何度も二人一組になった親友の手と、同じ温もりがした。

【いじめに関するアンケート】

このアンケートは、皆さんが、より良い学校生活を送るために実施されます。
ここに書かれた答えは、公開されることはありません。
名前を書きたくない場合は、書かなくても構いません。

・この学校には、いじめがあると感じますか。
〔はい〕〔いいえ〕

・あなたは今、いじめられていると感じていますか。
〔はい〕〔いいえ〕

・「はい」と答えた人。そのいじめは、どのような内容のものですか。
〔　〕

・あなたは今、誰かをいじめていると感じていますか。
または、誰かをいじめたことがありますか。
〔はい〕〔いいえ〕

・「はい」と答えた人。そのいじめは、どのような内容のものですか。
〔　〕

・あなたは、いじめについて、どのような考えを持っていますか。
なくなってほしいと、願っています。

・どうすれば、いじめがなくなると思いますか。

例えば体育のとき、先生と二人一組になってばかりの生徒が、いなくなるように、みんなが順番に、二人一組になれるようなクラスになればいいなと思います。

どんなときも、希望を捨てないでいたいです。

終

ざわめき

出席番号1番　特定の生徒

「あ、真実《まみ》おはよー」

「明日香《あすか》おはよー」

「てか今日卒業式なの、信じられんくない？」

「マジでそれ」

「明日から制服着られないの、悪夢なんだけど」

「ねー」

「でも見て、このコサージュ可愛くない」

「思った。普通、薔薇とかだよね」

「なんて花なんだろう」

「わかんない」

「てか、昨日からバズってる、デスゲームの動画見た？」

「見た見た！　『二人一組になってください』でしょ。あれって映画？　昔流行ってたPOVホラーってやつ？」

「わかんない。バリグロいよね」

「グロすぎでしょ。なんでBANされないの」

「映画だからじゃないの？　POVホラーっていうよりかは、素人が作った感満載だけど」

「とりあえず画質悪すぎだよね。音声も時々聞き取れないし、なんか途中で終わってるし」

「そうそう、あれ最後どうなったんだろう」

「てか『うりん』ってYouTuberが出てるらしんだけど、知ってる?」

「知らない。誰、有名なの?」

「なんか昔、有名だったぽい」

「へえ」

「あ、あたし調べたんだけど、そのYouTuber、七年前の、卒業式に起きた京都の学校の火事に巻き込まれて死んだらしい」

「え、それってさ、『いじめをなくしたかった』とか教師が供述して、学校ぜんぶ燃やしたやつだよね?」

「え、そんなことあったんだ。えげつな」

「そうそう。私も小学生だったから、あんま覚えてないけど、卒業生と先生あわせて四十人近く死んだとか、ニュースでやってた気がする」

「あ、思い出したかも。生徒は奇跡的に二人だけ助かったやつだっけ?」

「あ、それそれ。何で助かったんだっけ」

「なんか、卒業式サボって、スタバ飲んでたらしいよ」

「なにそれ、ウケる」

「てかさ、この黒板書いたやつ、絶対に動画に感化されて書いたっしょ」

「無駄に再現度高すぎな」

「それなー」

「ねえ、これ誰が書いたのー？」

「知らなーい」

「誰も知らないー？」

「知らなーい」

「まっいっか。でもさ、『二人一組になってください』で、余ったら死ぬってさ、こわすぎん」

「こわすぎってか、やばすぎ」

「あ、てかさ、『sea』見た？」

「ネトフリで見たー。赤西笑美、マジ最高だよね」

「わかる。やっぱり時代は演技派女優だよね。可愛いだけで演技下手とか、最悪じゃね」

「整形すれば顔なんてどうにでもなるしな。整形顔の女優もどうかと思うけど」

「言えてる」

「でもうちらの担任のビジュの良さはさ、絶対整形じゃないよね。明日香にはわかる」

「れんれんな。無加工であれは強い」

「なんで教師なんかになったんだろうね。芸能人なれたでしょ」

「てかさ、今思ったんだけど、あの動画に出てた美少女、れんれんに似てない？」

「え、そうだっけ」

「そうだよ。似てる。それに名前も『かれん』だった気がするんだけど」

「マジ？　登場人物多すぎて、名前覚えてないんだけど」

「あ、本人来た」

「はい、みなさんおはようございますー」

「れんれんおはよー。今日もかわいいー。推すー」

「先生は推すものじゃないよー」

「あははー」

「てかれんれん、黒板がカオスになってるんだけど。誰が書いたのかわかんなくて」

「あ、これは先生が書いたから、大丈夫だよー」

「え。なにそれ、うける」

「れんれんも動画、見たのー？」

「うん。見たよ」

「てか、あの動画に出てるのって、マジでれんれんだったりして」

「そうだよ。先生はね、あのゲームに参加してたの。そして今から、みんなにも参加してもらうよー」

「え」

「みんな動画見てると思うから、説明は省くけど、授業を始める前に、大切なメッセージだけ、追加して書くね」

・希望

「これはみんながつけてる、そのコサージュの花言葉です！　先生の親友がお花屋さんをしていて、希望を持ってほしいって意味を込めて、特別に作ってもらったの。あ、もう外すと、失格になるから、気を付けてね」

「……え？　失格？」

「れんれん、いきなりどうしたの」

「失格って、あの動画と一緒じゃん。こわいからやめてよ」

「真実、何びびってんのよ。れんれんの悪い冗談だって。こんなん、どう見てもただの花じゃん」

「そうそう」

「でも……」

「もう。真実ってマジでびびりだよね。明日香が、証明してあげるよ。確か動画では、コサージュを外した瞬間、なんか花まみれになって死んでたよね、ありえねえ」

「え、やめなよ！」

「大丈夫だってー」

「…………あ」

「きゃあああああああああああああ」

「いやあああああああああああああああああああ」

「……あーあ。コサージュを取ったら失格だって言ったばかりなのに……」

「…………え、れんれん今の何」

「……マジック？」

「明日香、花だらけになったんだけど」

「動画と一緒じゃん……」

「明日香、死んだの？」

「わかんない」

「ねえ、れんれん、本当になにこれ……これってガチのやつなの」

「うん、ガチのやつだよー」

「……ちょっと待って。あのデスゲーム、確か動画では、いじめのあるクラスに制裁的な意味で行われたんだよね。うちらのクラス、いじめとかないよね。なんで」

「そうだよ、いじめなんて絶対ない」

「みなさん、落ちつきましょう。そして先生も、頭でも打ってバカになったんですか？　こんな動画の真似事、逮捕されて死刑になっても知りませんよ……？」

「そうだね、さすが委員長。確かに死刑だ。でも私はもともと、死刑になるべきだったから心配しないで。あと、恥ずかしいけど、昔はすごいバカだったの」

「……え？」

「はい。じゃあ今から、最後の授業を始めます。みんなは『いじめ』が原因で、簡単に人が死んでしまうことを知っていますか？　それは、どんなに目に見えにくいいじめでも、起こりうるの。だから、いじめをした人は、死刑にならなきゃいけない。もちろん、見てみぬふりをしていただけの人も同罪です。そして今日は、この【特別授業《ゲーム》】を通して、みんなに考えてほしい。画面の向こうにいるあなたにも。本当に自分は――、誰もいじめていないのかを」

「……え、画面の向こうって何……」

「これ、配信されてんの……？」

「配信されてる……！」

「なんで」

「こわいよ」

「帰りたい」

「あの、すみません……朝倉先生、一つだけ質問していいですか」

「うん、いいよ」

「もしも今から、本当にこのゲームが行われるのだとしたら、黒板の規則に書かれている『特定の生徒』って……、誰なんですか」

「そんなの、あなたたちは、もうわかってるでしょ？」

――みんなが一斉に、私を見た。

「じゃあ、二人一組になってください！」

・本書は書き下ろしです

装画　yudouhu
装丁　tobufune

木爾 チレン　きな・ちれん

一九八七年生まれ、京都府出身。二〇〇九年、大学在学中に執筆した短編小説「溶けたらしぼんだ。」で「第九回女による女のためのR－18文学賞」優秀賞を受賞。一二年に『静電気と、未夜子の無意識。』でデビュー。二一年『みんな蛍を殺したかった』が大ヒット。他の著書に『私はだんだん氷になった』『神に愛されていた』などがある。

二人《ふたり》一組《ひとくみ》になってください

二〇二四年九月二二日　第一刷発行
二〇二五年七月一八日　第二〇刷発行

著者　木爾チレン
発行者　箕浦克史
発行所　株式会社双葉社
〒162－8540
東京都新宿区東五軒町3－28
電話　03－5261－4818（営業）
03－5261－4831（編集）
http://www.futabasha.co.jp/
（双葉社の書籍・コミック・ムックが買えます）
印刷所　株式会社DNP出版プロダクツ
製本所　株式会社若林製本工場
カバー印刷　株式会社大熊整美堂
DTP　株式会社ビーワークス

落丁・乱丁の場合は送料双葉社負担でお取り替えいたします。「製作部」あてにお送りください。ただし、古書店で購入したものについてはお取り替えできません。
［電話］03－5261－4822（製作部）
定価はカバーに表示してあります。

ISBN978-4-575-24768-8 C0093
JASRAC 出 2406149-520